叢林奇譚

目川文化

目錄

一九〇七年英國貝登堡將軍創立的童軍運動，崇尚的價值觀：忠誠、信任、友善、助人、勇敢、自律、堅持不懈和永不放棄，與這本《叢林奇譚》呈現的理念一致，所以在徵求作者的同意之後，他們開始以「小狼」稱呼幼童軍，以狼族領袖「阿凱拉」之名稱呼團長。而狼孩子「毛克利」一詞，也成了學習野外求生技能的代名詞。

野外叢林是一個弱肉強食的世界，每個物種都有自己的求生模式，雖然小男孩毛克利跑得沒有他的狼兄弟們快，力氣也比不上體型巨大的象或老虎，但是他不斷向智者們學習，靈活運用各種智慧，賦予了自己更強大無比的本領，一一克服了超乎想像的困境與危機，讓邪惡的野獸和蠻橫的人類都吃足了苦頭！

書中大量著墨於動物間溫暖的友誼和親情。在這個叢林之中，一如我們的社會，有壞人有好人，有智者有朋友，雖然不乏貪婪致命的危險之徒，也有講義氣、重感情、細心撫養與用心教導的守護者。在這個美麗夢幻的叢林國度，處處可見良善的本質與同理心，散發盎然的活力和正面能量！讓我們看到：人類與自然和動物是可以共存的！

馬克．吐溫曾經說：「我瞭解吉卜林的書……它們對於我從來不會變得蒼白，它們保持著繽紛的色彩；它們永遠是新鮮的。」身為一個創作者，吉卜林是一位真正會說故事的人。他精采緊湊、扣人心弦的敘事能力，栩栩如生捕捉動物主角的神韻，傳達叢林多采多姿的鮮活氣息，一百多年來帶給讀者多少樂趣，激發起多麼寶貴的想像力，你千萬不要錯過！

【推薦序】

林偉信（台灣兒童閱讀學會顧問、誠品文化藝術基金會「深耕計畫」顧問）

陪伴孩子在奇幻的世界裡，培養想像力，思考人生課題

奇幻文學是人類思想極致的一種表現，透過想像，創造出一個個跳脫時空框架的新奇世界，將現實中的不可能化為可能，讓閱讀者擺脫有限形體的束縛，悠遊在不同的時空裡，享受現實人生中所無法經歷的奇特趣味。

而除了引人入勝的趣味情節外，奇幻故事中所暗含的人生隱喻與生命智慧，也一如日本著名心理學家河合隼雄在《閱讀奇幻文學》書中所說的：「**傑出的奇幻作品，總是帶著某些課題前來挑戰讀者。**」而「當我們將幻想視為靈魂的展現時，就會開始覺得奇幻故事的作者，給了我們相當豐富的訊息。」因此，「**即便故事讀完了，心靈依然持續感動。**」

目川文化這套奇幻名著，正是選自不同文化背景下的各種玄奇異想，傳遞各種重要的人生課題——如《西遊記》的叛逆與反抗、《小王子》與《柳林風聲》的愛與友誼、《小人國和大人國》的權力與人性、《快樂王子》的分享與快樂、《愛麗絲夢遊奇境》與《一千零一夜》的真實與夢幻、《彼得·潘》的成長與追尋、《叢林奇譚》的正義與堅持，以及《杜立德醫生歷險記》的溝通與同理。藉由這些書，給你和孩子一次機會，**陪伴他們在奇幻世界的共讀中，培養想像力，並且一起來思考人生中的一些重要課題。**

戴月芳（資深出版人暨兒童作家、國立空中大學／私立淡江大學助理教授）

孩子飛翔的力量很大

當孩子告訴你，他會飛，而且飛得很高很遠，你可能會笑一笑，不當一回事。但是，真的要告訴你，孩子確實飛得很高，很自在！

谷歌（Google）創辦人賴利．佩吉（Larry Page）有一天突發奇想，想要創造一個可以下載整個互聯網，而且查看不同頁面連結的搜尋引擎。在一九九六年，這想法可能是天方夜譚，但是他有企圖心，最後確實創造了谷歌。他像孩子飛上了天，飛得很高、很自在！

「飛翔」是我們的想像延伸，一切可能或不可能發生的，都可以藉由想像力「飛翔」先做實驗。【影響孩子一生的奇幻名著】系列，就是一套賦予孩子想像力飛翔的好書。每一本都是在激發孩子的奔馳創意。來吧！讓孩子閱讀，讓孩子隨著他的好奇心，遊走另一個充滿自由的奇想世界，跟隨故事人物一起經歷成長與冒險。

張美蘭（小熊媽，親子天下專欄作家、書評、兒童文學工作者）

讓孩子讀經典，是重要而且必要的

近兩年，我常在校園與兩岸演講，有一個主要的主題，就是「讓孩子愛上閱讀的八大法則」，其中我認為很重要的第二條法則是：在孩子中低年級以前，幫孩子選書；**高年級後開放讓他們自由選擇，但是每個月都該有指定讀物，並建議以經典兒童文學為主！**

我在小學圖書館擔任過十年的志工，發現一個令人憂慮的現象：越來越少孩子讀兒童文學經典作品！當今兒童閱讀，充斥著「漫畫」的速食文化。我曾問過孩子，得到的回答多半是：「漫畫比較搞笑，我不喜歡太嚴肅的作品。」或「看圖畫比較快，文字太多的書，真的看不下去！」這是一個很令人憂心的現象，因為這代表這一代孩子對文字理解能力（閱讀素養），將越來越弱。**而貧瘠的閱讀，將導致荒蕪的思想與空洞的寫作能力！**

更憂心的是，家長沒有意識到這狀況的嚴重性，還沾沾自喜的認為：我的孩子愛看書，就好！而沒注意到孩子無法邁向文字書的世界，更遑論兒童文學作品的世界。

讓孩子多讀經典吧！這將會影響他們一生的價值觀。我建議每個家庭都該有個基本書櫃，當中一定要收藏兒童文學名著！因為這些是經得起時間考驗、人類思想的精華。經典代表的就是人性。在奇幻故事架構下，也能讓孩子了解：世界上沒有所謂美好的大結局！**讓孩子從閱讀的幻想中，體會人生的趣味與人性的缺憾，才是真正智慧的開始。**

林哲璋（兒童文學作家、大學兼任講師、臺東大學兒文所）

奇幻的奇妙

小朋友，閱讀奇幻作品好處多多，畢竟現實世界只有一個，而奇幻想像的世界卻是無窮無盡。奇幻世界裡有神奇的天馬行空，想像世界要介紹得天衣無縫。奇幻想像國度的語言可以豐富現實世界的生活，例如小王子和狐狸，小王子和玫瑰，他們的故事和對話，都可以比喻、使用在人類的世界。

想一想，像著名的「七步成詩」，曹植若跟哥哥寫「骨肉相殘」的詩，害哥哥沒面子，恐怕小命不保；聰明的曹植躲到了奇幻的國度，使用了奇幻的語言，寫了一首「小豆子和豆萁哥哥」的童話詩，保住了珍貴的性命。

奇幻的國度裡有許多寶藏，等待小朋友來尋找、開創，歡迎小朋友搭乘文學的列車，來到奇幻的國度，觀看地球世界的模樣。

張東君（外號「青蛙巫婆」、動物科普作家、金鼎獎得主）

注意。凡是青蛙巫婆說到「動物」的時候，一定不是只講貓狗。我也喜歡貓狗，貓狗是動物，但是動物絕對不是只有貓狗。因為很重要，所以要一再碎念。

《叢林奇譚》才剛剛又被拍成一部很吸引人的電影。這個版本跟書一樣，背景設定在印度，故事說的是主角毛克利受到他的狼家族保護，學習如何當一頭狼，在叢林裡生存，然後，找尋自己的路。希望大家也都能夠在這書中找到自己的最愛，跟我一樣享受閱讀，以及和書中角色一起成長的樂趣。

彭菊仙（親子天下、udn聯合文教專欄、統一「好鄰居基金會」駐站作家）

我的童年是一段沒有故事書的歲月，因為爸媽忙於生計，關於孩子心靈需要的滋養，是沒有餘力可以照顧的。長大後，我才有機會一一彌補童年裡沒有緣分相遇的經典兒童文學，但遺憾的是，這些故事我多半已經耳熟能詳，還來不及細細咀嚼文字，動畫中大量的聲光畫面已經綁架了我對故事的想像，我很不希望我的孩子用這樣的方式來接觸經典名著。

藉由這次目川文化規畫的套書系列，我似乎又恢復了一個孩童本來應該具備的自由奔馳心靈，在故事裡盡情遨遊，甚至幻化為故事裡的主人翁，經歷驚險刺激的冒險歷程。

我鼓勵爸媽引導孩子，一本接一本有系統的閱讀，不僅能提升賞析文學的能力與視野，最主要的是，**經典作品的人物都帶著強大熾烈的感染力，能博得孩子深度的認同，在潛移默化間，高潔的思想便深植於孩子的心底，行為氣度因此受到薰養而不凡。**

沈雅琪（神老師&神媽咪、長樂國小二十年資深熱血教師）

現在的孩子普遍閱讀量不足，書讀得不夠，相對文章就寫不出來，寫作技巧教再多都是枉然。為了要改善孩子寫作困難的問題，我開始每天留半個小時到一個小時的時間，讓孩子從少年雜誌、橋梁書開始閱讀，這段時間得要完全靜下來專注的閱讀。

目川文化精選這套書，有幾本是我們很耳熟能詳的世界名著，可是很多孩子完全沒有接觸過。收到書的初稿時，孩子們一本又一本接續的把十本書統統讀完。**小孩的感受是最直接的，看他們對這套書愛不釋手，我就知道這是一套非常值得推薦的好書。**

以下就是班上小朋友針對本書所寫的一篇心得，其他則收錄在各書：

《叢林奇譚》這個故事是在講一個小男孩和他的森林小夥伴的故事。故事中的毛克利，從小到大都是由狼爸爸和狼媽媽親手撫養長大的，自然而然結交了很多叢林裡的朋友，也因此發生了很多有趣的事。

當然，世界上不可能是事事順心的，就連發生在叢林裡的事情也不例外，可是毛克利卻能一而再、再而三用他的智慧解決了所有的困難，就像古人所說的「天下無難事，只怕有心人」、「天無絕人之路」，只要我們有心去做、去想，事情終究還是會解決的。這本書讓我領悟到了許多的大道理。

叢林世界雖有險惡的地方，但也有它的美好之處，當然人類世界也是一樣，所以毛克利在叢林和人類世界都遇到難題。例如：毛克利在叢林因為是人類而被動物排擠，他卻沒有自暴自棄，而是努力做到最好，讓其他動物無話可說。回到人類世界，毛克利又遇到了不肯罷休的老虎，他以一連串巧妙的計畫把老虎打倒。當然，現實中是不可能發生這些事情，但是他面對問題的精神值得我們學習。

我覺得動物是有可能撫養人類孩子的，因為動物和人類一樣是有感情的，毛克利會說人話是他媽媽教他的，最後毛克利會回到人類世界，是因為他想報答媽媽對他的恩情。

對我來說人類和動物是一樣的，沒有必要互相比較。

（梅舒評 撰寫）

陳郁如（華文奇幻暢銷作家）

奇幻文學超越現實框架的幻想，讓人的想像力可以無限的延伸。同時，作者在故事裡可以巧妙的寫出自己對現實世界的連結，可能是對社會的反射，對人性的感觸等。

《叢林奇譚》描寫一個在被狼群養大的人類小孩毛克利的故事。他懂得叢林的法則，又有人類的智慧，可是這樣的優勢卻帶給他許多困擾。叢林的狼群動物，把他趕走，讓他回到人間，但是村民們也不接受他。很多現在的小孩可能也有類似的困擾，在同學之間找不到自己的立足點，渴望得到同儕的認同。在這個故事裡面我們可以學到，如何在這樣的環境下找到自己。（其他推薦內容，詳見各書收錄）

很多經典永傳的故事能夠歷久不衰，不僅僅天馬行空、編撰幻想而已，背後還有更多警世意義。小朋友可以細細品味，讓想像力奔馳的同時，也想想作者想要表達的是什麼。

游婷雅（台中古典音樂台閱讀推手節目主持人、閱讀理解教學講師）

森林動物的嬉戲聲‧腦中想像的熱鬧聲

一九〇七年獲得諾貝爾文學獎的英國作家魯德亞德‧吉卜林，一八六五年出生在印度，很小的時候便被送到英國的寄宿學校就讀，童年生活並不快樂。這樣的經歷讓我想起另一位英國作家喬治‧歐威爾，同樣是出生在印度（一九〇三年），也同樣是在英國寄宿學校度過不快樂的童年。吉卜林寫下了《叢林奇譚》，歐威爾則寫出了《動物農莊》；兩本著作都描繪了動物與人類兩種社會之間的共通之處。小孩子讀，讀奇幻、趣味；大孩子讀，讀寓意、反思。

《叢林奇譚》裡的狼群有著階級分明的制度，狼族首領阿凱拉在大會岩上說話時，狼群們會以嗥叫聲來回應首領。這種制度後來也被引用在幼童軍的儀式中，幼童軍們會大喊：「阿凱拉，我們將竭盡所能！」這也讓《叢林奇譚》的故事更廣為人知、流傳久遠。而故事中的「叢林法則」是叢林居民們必須遵循的生存之道，不遵守的叢林居民將受到懲罰或吃盡苦頭，「**就像爬山虎植物一樣，纏繞著每個叢林居民，誰也逃脫不了**」。然而，對年幼的狼孩毛克利而言，用說教的方式始終無法讓他將「叢林法則」放在心上，總得經歷過一些事件之後，才能讓他謹記在心。這何嘗不是跟我們所有人一樣呢？「不經一事，不長一智！」

就讓我們跟著毛克利一起經歷叢林冒險，一起成長智慧。

劉美瑤（兒童文學作家、台東大學兒童文學研究所畢）

魅力長存的《叢林奇譚》

一九〇七年，吉卜林以《叢林奇譚》一書榮獲第七屆的諾貝爾文學獎，經過一百多年，這部作品依然盤踞暢銷書榜，其影響跨越兒童文學，不論是在童軍領域或是影視媒體，甚至在文創產業，皆能看見「毛克利」、狼群以及其他動物們的故事與身影。究竟，吉卜林在這本書裡頭施了哪些創作魔法，讓這部作品魅力長存呢？

我們可以從幾個面向去品味這本作品的魅力，首先，我們來看作品的終極價值，吉卜林在

《叢林傳奇》中透過動物的相處影射人類社會百態，同時將道德價值隱藏在故事中，譬如狼群面對野狗們的攻擊時，狼群首領要毛克利趕緊到北方躲著，但是毛克利堅定拒絕，因為他認為自己應該要為了保護照顧他的狼群爸媽們戰鬥。又譬如黑豹巴西拉、棕熊巴魯兩名叢林導師與毛克利的相處，**無不傳達了勇氣、誠信與慈愛的重要**。

其次，是吉卜林的創作手法兼容虛實，他以印度的童年生活為地基，運用在印度當記者時採訪與旅行累積的寫作經驗，兼採當地傳說，為這則虛構敷上「真實」的血肉，打造出精細仿真的小說背景，創造出前所未有的狼孩子的典型故事。

而整本書最出色的地方在角色的形塑，吉卜林用「擬人化」的書寫以及角色對襯等技法，賦予動物人性，使得這群動物們既具有叢林的粗獷個性與野性的浪漫情懷，在面對衝突與挑戰時，又展現出百轉千迴的心緒轉折。

吉卜林藉由角色彼此的外在衝突，以及角色內心的天人交戰，形塑出立體豐富、栩栩如生的角色性格。而這群魅力十足的角色，正是成就《叢林奇譚》魅力長久不墜的關鍵。

第一章　毛克利的兄弟們

那是在西奧尼山丘的洞穴裡，一個溫暖的夜晚，狼爸爸睡了一整天，醒來時已經是傍晚七點了，他撐開自己的爪子伸了個懶腰，驅走殘存的睡意。狼媽媽還躺在那裡看著四隻幼狼，他們在一旁又跑又跳，興奮的翻著筋斗。

月光潛入洞穴，就在狼爸爸打算出去捕獵的時候，洞穴裡來了一個不速之客——豺狼塔巴奇。塔巴奇有個「饞鬼」的外號，他專撿夥伴們吃剩而丟棄的東西，又好搬弄是非，挑撥離間，因此叢林裡的居民都瞧不起他，但是大家也怕他，因為他患有「瘋狂病」，一旦發起瘋來會不顧一切的橫衝直撞，所有的野獸都會遭到襲擊，個個聞之退避三舍。

對於塔巴奇的到來，狼爸爸並不歡迎，但又有點無可奈何，他說：「你可以進來，不過這裡可沒有什麼東西給你吃。」

塔巴奇一溜煙的鑽進狼穴，找到了一根還帶著點殘肉的鹿骨頭，他邊吃邊

說：「對於像我這樣一個卑賤的傢伙來說，這真算得上是一頓美食呀！」飽餐之後，塔巴奇道出了一個消息：「希爾汗下個月要把他的獵場挪到這裡了！」老虎希爾汗居住在距他們二十哩以外的瓦因根迦河附近。

「他沒有權利！」狼爸爸憤怒的說：「**依據叢林法則，他無權擅改領地，**不然會驚動方圓十哩之內的獵物！再說，這些天我也得獵捕兩隻獵物，讓孩子填飽肚子！」

「他媽媽叫他『瘸老虎』不是沒有道理，」狼媽媽說：「就是因為天生跛腳，所以他只獵殺家畜。灣甘達的村民對他已忍無可忍，現在他又來這裡鬧，到時候村民們會全力圍剿他，那麼向來和平自由的西奧尼叢林就保持不了寧靜，我們也免不了要遭殃了。哼，我們真得感謝希爾汗呢！」

塔巴奇顯然看出了狼爸爸和狼媽媽的不快，他有點幸災樂禍的說：「要不要我向他轉達你們的謝意呢？」

狼爸爸厲聲喝斥道：「滾出去！去跟你的主子一道捕獵去吧！你已經撒野

一個晚上了！」

塔巴奇臨走時，又補上了一句：「你們聽見了嗎？希爾汗就在下面灌木叢裡，別說我沒通知你們哦！」

狼爸爸側耳傾聽，果然聽到老虎憤的怒吼聲，聽起來是老虎獵無所獲的憤怒之聲。沒多久，怒吼聲變成了嗚咽哀號聲，從四方傳來，令人不寒而慄。今晚，他竟然在捕殺人類！

叢林法則規定，禁止任何野獸吃人，除非是在教導自己的孩子如何獵殺，但即便是這樣，也必須離開到獸群或部落的獵場之外。因為一旦獵殺人類，就會招來騎著象、背著槍的白人，以及數百名高舉火把、敲著鑼的棕色皮膚的人來尋仇，這樣整座叢林裡的野獸都會遭殃。而且據說，吃人的那隻野獸的毛髮和牙齒都會掉光。

突然，希爾汗發出了一聲哀嚎。

「那笨蛋肯定是跳不過營火，把自己的腳給燒傷了。」狼爸爸走出洞穴觀望一陣後，嘀咕著：「塔巴奇也和他在一起呢！」

「有動靜！」附近的灌木叢沙沙作響，狼爸爸蹲低腰臀，做出向前騰躍的姿勢，卻在躍起的半途突然停住，在原處著地。「是人！」狼爸爸看見了一個棕色皮膚、全身赤裸的嬰孩，正抓著一根樹枝，對著他咯咯笑。

狼爸爸輕輕的叼起孩子，把他叼到了自己四隻幼狼中間，動作那麼的輕柔，一點兒都沒有傷害到孩子嬌嫩的皮膚。孩子沒有表現出一丁點的害怕，他和幼狼們緊緊的擠在一起。狼爸爸和狼媽媽一下子就喜歡上了這個可愛的小娃兒，並給他取了一個好聽的名字——毛克利。

突然，老虎希爾汗的大頭堵在狼穴洞口，他要前來索討這個小娃兒——這可是他的獵物呢！老虎的怒吼聲充斥著整個山洞，但狼媽媽一點都不害怕，她勇敢的跳到希爾汗面前：「我們狼群是自由之民，只接受狼族首領的指令，為什麼要聽命於你？這小娃兒是我們的！要怎麼處置是我們的權利！他要和我們一起生活、捕獵，總有一天他會把你解決掉的！」

狼爸爸瞠目結舌的看著狼媽媽。希爾汗退出洞口時喊道：「好，我倒要看狼群怎麼裁決這件事，這小娃兒終究會成為我嘴裡的食物，你們等著瞧！」

狼爸爸看到了狼媽媽收養這個人類嬰孩的決心，但他也知道，要收養這個小娃兒，必須經過狼群會議的批准。

叢林法則明文規定：任何一匹狼結婚以後，就可以離開所屬的狼群，自立門戶，但是當他誕下的幼狼們長到會站立，就必須把他們帶到狼群會議上，讓其他的狼認識。

狼群會議一般是在每個月的月圓之夜舉行。經過確認批准，幼狼們就可以自由活動，在他們成功獵殺第一隻公鹿之前，狼群中任何的成狼都不能捕殺這些幼狼，否則將被處死以示懲戒。

狼爸爸和狼媽媽在毛克利和他們的幼狼能跑的時候，帶著他們來到了**「大會岩」**，那是一個被各種岩石覆蓋的小山頭，能同時容納一百多隻狼。這個狼群的首領是獨身的大灰狼阿凱拉，他智勇雙全，已任滿一年，由於曾被人類獵殺又逃過一劫，很懂得人類的那一套。

領袖阿凱拉喊道：「各位仔細聽好，叢林法則眾所皆知，大家都要遵守！」

一隻老狼輕手輕腳的走到一隻幼狼面前，仔細打量一番，然後又回到自己的座位上去。毛克利就坐在那裡，玩弄著幾顆閃閃發光的卵石。

突然，岩石後面傳來一聲咆哮：「那個小娃兒是我的！把他交給我！你們這群自由之民要這個小娃兒做什麼？」

這番話引起眾狼議論紛紛，狼群中發出了一陣低低的附和聲：「我們要這個小娃兒做什麼？」

按照叢林法則的規定：如果狼群對於接納幼狼發生了爭議，至少要有父母以外的兩名狼成員站出來為幼狼說話。族群裡若有兩票表示贊同，幼狼就能被認同。

「誰贊成接受這個人類嬰孩？」阿凱拉問道，但四周卻鴉雀無聲。

這時，唯一被允許參加狼群大會的他族動物、專門給幼狼們教授叢林法則

的棕熊巴魯站起身，說：「我同意！小娃兒對狼群不會造成什麼傷害，就留下他吧！我會親自教導他的！」

「我們還需要一位支持者。」阿凱拉說：「還有誰贊成巴魯的意見？」

這時，一個黑影跳進了狼群圍坐的圈子中，是黑豹巴西拉。大家都認識巴西拉，誰都不敢招惹他，因為他冷靜、矯健又勇猛。

但是，他的聲音卻像從樹上滴下來的野蜂蜜一樣甜潤。

「敬愛的阿凱拉和自由狼族的諸位，」他柔聲說道：「我沒有權利，但是

叢林法則中規定：如果對一隻幼狼有所疑慮，但這份疑慮還不至於到應該將他處死，就可以出價買下這隻幼狼的性命，對吧？殺害一個赤裸裸的嬰孩並不光彩，再說他長大後或許還能為你們狩獵。因此我決定用一頭剛殺死的肥公牛，換取這個小娃兒的性命，行嗎？」

狼群聽到有一頭肥公牛，總是飢腸轆轆的他們立刻同意接受這個小娃兒成為狼群的一員。然後，狼群們就全跑下山去找那頭被殺死的肥公牛，只剩下首領阿凱拉、巴魯、巴西拉和毛克利一家。希爾汗還在黑暗中咆哮，他非常氣憤狼群沒有把毛克利交到他手上。

阿凱拉等人很高興毛克利可以留下來，他們知道這是一個聰明的孩子，會成為一名得力的幫手，因為每個狼群首領總會有那一天：當他體力衰退，身體越來越孱弱，最後就會被狼群終結性命，再換一個新的首領上任。

毛克利就這樣在巴西拉以一頭公牛的代價，加上巴魯的美言之下，展開了他在希奧尼山丘的生活。

往後的十幾年，他和四隻幼狼們一起成長生活。只是，當幼狼長為成狼的時候，他仍還是一個小孩。狼爸爸把一身的捕獵本領都傳授給他，教他熟悉叢林裡的每一件事情、每一個聲音。巴西拉也教導他如何躲避人們挖掘的陷阱，還在深夜裡帶著他去捕殺獵物。同時，巴西拉也不只一次警告他，希爾汗是個危險分子，總想著有一天要殺了毛克利。但是毛克利顯然並沒有把他的話放在心上。

不學習的時候，毛克利除了吃就是睡，髒了或熱了就跳到水池裡去游泳，嘴饞了就爬到樹上去找蜂蜜。他也和其他狼一起玩耍，當毛克利盯著他們看的時候，沒有一頭狼敢正視他的眼睛，毛克利覺得很好玩，經常就盯著他們看。當然，更多的時候是他幫狼拔出扎在他們身上、讓他們難受的刺。

就這樣，毛克利長成了一個健壯的男孩。

隨著時間的流逝，阿凱拉越來越老，身體越來越弱；於是，希爾汗經常在叢林裡出沒，和一些年輕的狼交朋友，並挑唆他們：「為什麼一群這麼年輕出色的獵手，卻心甘情願的讓一隻奄奄一息的老狼和一個小娃兒擺布啊！」年輕氣盛的狼聽了這話，總會毛髮豎立，發出嗥叫。

在一個溫暖的日子，巴西拉又和毛克利談起了希爾汗：「希爾汗雖然不敢在叢林裡捕殺你，可是你一定要記住了，阿凱拉已經很老，他無力追捕獵物的日子已經不遠，到那時候他就當不成狼群的首領了。你第一次被帶到狼群大會上，那些端詳過你的狼，許多也已經老了；而那些年輕的狼，因為受到希爾汗的教唆，必會像希爾汗一樣排擠你。」

毛克利顯然沒有意識到這個問題，他說：「我是在叢林中長大的，我一直遵守著叢林法則，我和狼兄弟們一直友好相處，他們當中哪一隻沒有叫我拔過他爪子上的刺？他們當然是我的好兄弟！不可能傷害我！」

巴西拉將全身伸展開來，眯著眼睛說：「小兄弟，摸一摸我的下巴！」

毛克利伸出他棕色強壯的手，一摸就摸到了一個傷疤。

「叢林裡誰都不知道我身上帶著這個記號，這是帶過項圈的記號。我在人類社會裡出生，我的媽媽就死在人類社會，她死在奧德普爾王宮的籠子裡。正因為如此，我才願意在狼群大會上出價把你買下來，那時候你還是個小不點呢！在人類社會的時候我從來沒有見過叢林，他們把我關在鐵欄杆裡，用一個鐵盤子給我餵食。直到有一天，我覺得我是黑豹巴西拉，而不是人的玩物，便立刻破籠潛出。而且，因為我學過、也懂得人類那一套，所以在這個叢林裡，才會比希爾汗更讓大家畏懼。你說是不是？」

「可不是嘛！」毛克利說：「大家都懼怕你，只有我不怕！」

巴西拉溫柔的看著這個小孩，告訴他：「如果有一天阿凱拉無法捕捉獵物，那些狼群會反過頭來抵制他，也會抵制你。因為他們知道你和他們不是同類，你比他們聰明，你是人，總有一天你會回到人那裡去——就像我終究要回到叢林一樣。所以，你趕緊下山到人們的小屋裡，去取一點他們的『紅花』來，它比我、巴魯、狼群裡愛你的夥伴們都要管用。快去把『紅花』取來吧！」

巴西拉所說的『紅花』就是火，只是叢林中的動物誰都叫不上它真正的名字，又對它心生恐懼，所以就給它取了很多奇怪的名字。

毛克利在奔向村莊的路上，聽到了狼群的咆哮聲，聽到了一隻被追趕的大雄鹿的吼叫聲，以及大雄鹿陷入絕境後的喘息聲。阿凱拉正在努力追捕一隻雄鹿，不過失手了！因為毛克利聽到他的牙齒「喀嚓」一聲，然後是一聲哀叫，顯然是被大雄鹿蹬翻倒地了。從這一連串的聲音中，毛克利更加意識到，這象徵著狼群可自由爭奪首領位置的時候到了。

在農戶的窗外，毛克利看見一個孩子把幾塊紅通通的木炭，放進一個柳條盆裡，隨後盆子裡就有了『紅花』。「哦，原來『紅花』這麼容易獲得啊！」毛克利心裡暗暗想著，隨即就趁那孩子不備，搶走了裝著『紅花』的盆子。逃到半山腰以後，毛克利往那紅紅的東西上面加了一些樹枝和乾樹皮，並吹了吹幾口氣，那『紅花』馬上就盛開了！

回到洞穴後，毛克利一直照看著那盆『紅花』，很快他就掌握了控制『紅花』的技巧。此時，塔巴奇來到洞穴，趾高氣昂的要求他去「大會岩」，毛克利放聲大笑，直到塔巴奇一臉狼狽的跑開。隨後，毛克利就一路大笑著走向了「大會岩」。

在「大會岩」上，阿凱拉沒有像往常那樣坐在首領的位置，而是在岩石旁躺著；而希爾汗卻在那些吃慣他剩飯殘羹的狼民們的簇擁下，大搖大擺的走來走去，滿意的聽著大家的阿諛奉承。在大夥兒集合完畢後，希爾汗以一副主人的姿態，開始主持大會，看來他準備要接手領導這個狼群了。

在希爾汗的慫恿下，一些年長的老狼開始吼道：「讓死狼說話吧！」

當一個狼群的首領無力捕殺獵物，即將被新的首領取而代之的時候，就會

被活生生叫做「死狼」。出現這種情況，通常他是活不久了。

阿凱拉有氣無力的抬起他的頭說：「我的自由之民們啊！有多少個年頭我領著你們出去捕獵，又把你們都帶了回來，在我擔任首領這十二年期間，沒有一隻狼落入陷阱，也沒有一隻狼受傷殘廢。現在我老了，你們卻中了希爾汗的奸計，要來殺死我！那好吧，**按照叢林法則，你們可以一個一個上來和我決鬥，**結束我的生命！」

狼群一陣漫長的靜默。眼看完全沒有一隻狼敢跳出來和阿凱拉決鬥，希爾汗又開始咆哮起來：「我們跟這個老不死的蠢貨還有什麼好說的？他註定是要死了！讓那個小娃兒和他一起去死吧！」

阿凱拉說：「除了血統不同，無論從哪個方面來說，他都是我們的兄弟，可是你們竟然想殺了他！好吧，反正我是要死的，如果你們放了他，讓他回到人那兒去，那我答應你們，不和你們決鬥，直接讓出首領的位置！」

「他是人——不是狼！」狼群高聲叫道，並逐漸聚集到了希爾汗身旁。

這時，毛克利高高的舉起了火盆：「聽著！本來我是希望和你們在一起，可是今晚你們一直說我是人類。好吧！就算你們是對的好了，從此我也不再把你們看作弟兄了，你們這群野狗，我給你們帶來了『紅花』，這可是你們害怕的東西！」

毛克利把火盆往地上一扔，幾塊燒得通紅的火炭把周圍一片乾苔蘚點燃，火苗立刻竄了起來，嚇得大會岩上的野獸全數往後退。他又把手中的枯樹枝伸到火中，木頭一下就點燃，發出劈哩啪啦的聲音。他舉起著火的樹枝在空中揮舞，希爾汗跟狼群全嚇得發出嚎叫聲，往四處逃散。

毛克利大聲吶喊著：「聽著！我現在要離開這裡，回到我自己的人那裡去，因為你們容不下我了！但是，我發誓絕不會像你們背棄我一樣出賣你們，在我離開之前，我要宣布一件事情，就是阿凱拉可以自由的在這裡生活，愛住哪裡就住哪裡，你們不能動他一根汗毛，因為我不允許！現在你們都可以滾了！」

狼群在火星之中落荒而逃，最後只剩下阿凱拉、巴西拉，和站在毛克利這邊的十幾隻狼。突然，毛克利覺得有個什麼東西刺痛了他的心，他哽咽了一下，開始抽泣起來，淚水流下他的臉頰。「這是什麼？我不知道這是什麼？我不想離開叢林，難道我快要死了嗎？」

巴西拉告訴他：「不，你不會死，這是人們常會流下的眼淚。你已經長大了，你還是快回人群那兒去吧！」

毛克利就坐在那裡放聲痛哭，好像心都碎了。從他進入狼群後還沒有哭過呢！「哎，」他說：「我就要到人群那裡去了。我得先向媽媽告別，畢竟是她用愛把我養大的！」

於是他回到了狼媽媽和狼爸爸的洞穴裡，趴在狼媽媽身上心痛的哭泣著，四個狼兄弟也傷心的嗥叫著。

毛克利撫摸著他的狼兄弟們，問：「你們不會忘記我吧！」

他們帶著淒楚的聲音，回答：「只要我們還能辨別你的味道，就永遠都不會忘記你！回到人們那兒以後，只要你到山腳下來，我們就會來看你。我們永遠都是你的兄弟！」

狼爸爸說：「快點回來啊！我聰明的孩子，我和你媽媽都老了，我們會想念你的！」

狼媽媽也說：「快點回來啊！我的兒子，我疼你可是勝過我自己的幼狼們呢！媽媽等著你回來！」

毛克利抹著眼淚說：「我一定會回來的！告訴叢林中的夥伴，千萬不要忘記我！我還是要回來的，我的兄弟們！」

破曉時分，毛克利獨自走下山坡，進入了神祕的人類世界。

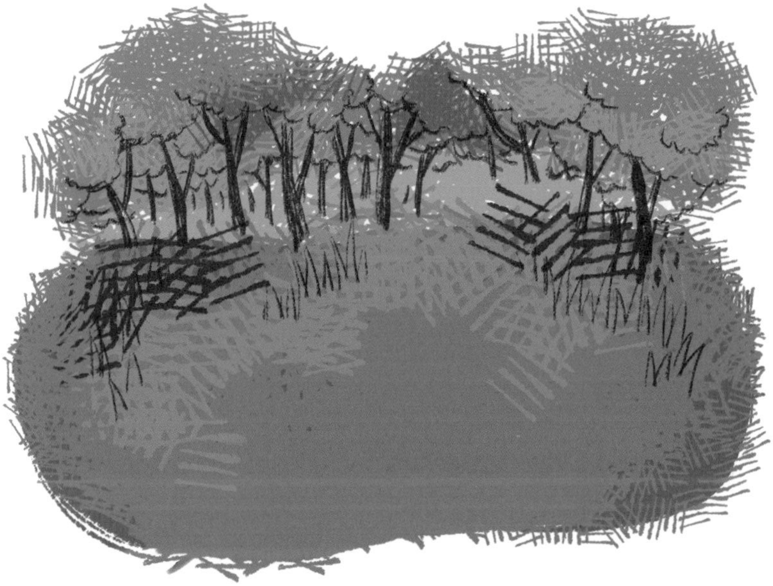

第二章　巴魯的法則

在毛克利離開西奧尼山丘之前有許多許多的故事，那麼，現在就讓我們來講一些他離開叢林之前的故事。

在毛克利離開叢林之前，他一直跟著嚴肅認真的棕熊巴魯學習，巴魯非常喜歡這個聰明伶俐的學生，而且他明白，毛克利是個人類小孩，因此他需要學習的東西比那些幼狼們要多更多。他不僅教導毛克利叢林法則，也把「**樹木和水的法則**」傳授給他：包括辨別樹枝優劣，和蜜蜂做良好的溝通，和受擾的蝙蝠打交道，在濺水而行時警告池裡的水蛇等等。叢林居民誰也不喜歡受打擾，入侵者一來就發動攻擊，但是自己隨時都有可能侵入其他生物領域，所以毛克利學會了「陌生狩獵的召喚」，就是呼喊著：「請讓我在此狩獵！因為我餓了！」如果對方回答：「僅為食物，但不允許為娛樂狩獵！」就表示他可狩獵而食。

要記得這麼多，對一個小孩來說是多麼辛苦的事情啊！有一次毛克利學得煩膩了，還為此挨了巴魯一巴掌。那一巴掌把他打得皮破血流，讓巴西拉心疼不已，可是巴魯卻非常認真的說：「打是疼，罵是愛，我現在正在教他叢林密語，只要他記住這些重要語言，就能免受叢林裡任何動物的傷害。不信你讓他來展示一下他的本領！」

雖然毛克利對剛才挨的那巴掌感到悶悶不樂，但是他很樂意有這樣一個機會展示自己的本領。他展示了自己說鳥語和蛇語的本領。他的本領讓巴西拉覺得很滿意！

得意的毛克利說：「所以我要自成一族做首領，成天帶著他們在樹上跑來跑去！」

毛克利的話讓巴西拉和巴魯心生警覺：「這是什麼新主意啊？」直到這時候他們才意識到，毛克利一直在和猴民打交道！

巴西拉生氣的說：「你竟然去結交那些不守法則、巧施奸計、捏造是非的猴民，真是丟臉！」

對於巴西拉和巴魯列舉猴民的種種不是，毛克利很不以為然：「巴魯打我頭時，我就逃跑，只有灰猴從樹上下來問候我、同情我。他們對我很好，為什麼我不能和他們一起玩？他們像我一樣，是用後腳站著走路！」

巴魯生氣的說：「給我聽好！我教過你各式叢林法則，唯獨猴民毫無法紀，他們是被動物們鄙視的一群，他們有一個外號叫做『叢林的拾荒者』。他們沒有自己的語言，用的全是偷聽來的話，偷取別人的語言，他們沒有自己的首領，也沒有記憶。他們自吹自擂，自視甚高，但不過是群烏合之眾罷了！我們從來不和他們打交道。」

巴魯所言千真萬確，由於猴民屬於樹梢，行走在地面的動物們很少往上看，兩者形同陌路，不相往來。所以當他們發現有殘疾的動物走過時，就會丟下堅果和細樹枝。就因為他們這般無惡不作，因此被列為拒絕往來戶。而這就是他們想要與毛克利為伴的最大原因。

巴魯和巴西拉帶著毛克利趕緊離開那裡，毛克利聽了猴民這樣不文明的行為，明白那不是一個受歡迎的族群，因此決心不再和猴民打交道了。

但是猴民們卻有奇特的想法，他們認為毛克利是灰猴首領的最佳人選，因為他會把樹枝編織在一起用來擋風，他可以把猴民變成最聰明的族群。因此猴民們便一直跟蹤巴魯、巴西拉和毛克利，想要伺機奪人。

午睡的時候，毛克利就睡在巴西拉和巴魯中間。可是一直尾隨他們的猴民，趁他們睡著的時候，一把將毛克利拉上了樹，隨即展開林間的飛躍，兩隻最強壯的猴子輪流把毛克利挾在他們的胳膊下，帶著他在樹上盪來盪去，忽上忽下，左右橫飛。

毛克利在這樣狂野的奔跑中，心裡盤算著，得趕緊擺脫這些野蠻的傢伙，必須讓誰帶個口信給巴西拉和巴魯。突然，他往天空一瞧，看見老鷹在叢林上空盤旋，便趕緊用鳥語呼喊：「我是毛克利，請記下我的行蹤，告訴巴西拉和巴魯——」毛克利最後這句話變得又細又尖，因為他被盪到了半空中，但老鷹還是點了點頭，在空中飛翔，注視著毛克利的行蹤。

巴西拉和巴魯心急如焚，他們無法爬到樹的高處，奔跑的速度又遠遠趕不上猴民。在幾乎精疲力盡時，巴魯突然有了一個好主意：「我真傻！野象哈迪說得對：『一物降一物』。猴民最害怕的就是石蟒卡亞。他攀爬的本領和猴民一樣出色，他常常在夜裡偷襲小猴。一提到他的名字，猴民就會害怕得連他們邪惡的尾巴都發顫。我們趕緊去找卡亞吧！」

他們很快就找到了石蟒卡亞，他剛剛蛻皮換上一身新裝，此刻正在地上嗅來嗅去，三十呎長的身體擰成了有趣的圈結，想到即將到口的晚餐，他舔了舔舌頭。卡亞不是毒蛇，而且他非常瞧不起毒蛇，認為他們是膽小鬼。他的獨門利器

在於他的「擁抱術」，他那巨大的身軀把誰纏繞幾圈，誰就沒有命了。

巴西拉和巴魯說明了來意，請求他一起去抓捕猴民，卡亞說：「上回我狩獵時，因為尾巴沒纏緊樹枝，不慎掉下來吵醒猴民，那幫猴民就把我臭罵了一頓呢！」

巴西拉摸著鬍鬚說：「是不是叫你是『無腳蚯蚓』，可是我們都不理他們。他們甚至說你滿口牙都掉光了，連一個小孩都對付不了！現在他們帶走了我們的小娃兒，而他們只怕你，這個小娃兒可是最優秀、聰明、勇敢的孩子，我們都愛他。」

不知道是對巴西拉和巴魯說的話動心，還是對猴民的不敬生氣，卡亞立刻同意和他們一起去追捕猴民，解救毛克利。

這時，只見一隻老鷹漸漸飛低下來，他在叢林中不斷搜尋大熊的影子好一陣了，「我遇到毛克利，他要我來找你們，據我觀察，猴民正帶他往河那邊的『**冷酷穴**』去！可能會待上一陣子，我已交待蝙蝠輪番守候。祝好運了！」

他們都知道那兒是猴民的聚集地，可是叢林居民很少到那裡去，因為他們所謂的「冷酷穴」，其實就是一座湮沒在叢林裡的古老荒城，狩獵族群很少靠近人類曾經到過的地方。但像猴民那樣缺乏自尊心的族群，卻很願意在那裡將就住著。巴西拉、巴魯和石蟒卡亞一起朝冷酷穴的方向，全速前進而去。

在冷酷穴裡，猴民根本沒想到毛克利的朋友們會來，他們把毛克利帶進廢城後，高興得簡直忘形了。毛克利從來沒有見過印度的城市，這個已經破敗不堪的廢城，在他看來，依然顯得輝煌壯觀。

久遠以前，一位國王將這座王城建蓋在小丘上，至今依稀可辨那條通向坍塌的城門石砌大道；庭院和噴泉裡的大理石水池龜裂而現出斑點，卻仍能想見當年的氣派。從宮殿眺望城市，一排排無頂的房屋就像空蕩蕩的黑色蜂窩；在四條大道相會的廣場上，坐落著已不成形的石像，佇立街角的公共水井只剩下一個空洞。

猴民們把這裡稱之為「城」，終日只知在國王議政大廳裡圍坐成圈，互抓著蝨子，裝得一副人模人樣；成群結隊的打架喊叫，然後又一哄而散，在御花園的平臺上跑上跑下的追逐；在大水槽裡喝水，把水弄得渾濁不堪，然後為了喝水而打上一架。等在這裡玩膩了，他們又會回到叢林裡去，希望叢林居民能注意到他們。

受到良好的叢林法則教育的毛克利，不喜歡也不理解這種生活，他非常希望能趁他們不備時逃走。可是他又累又餓，只能對猴民說：「我想吃東西，我不熟悉這附近的環境，你們看是要給我吃的，還是允許我在這裡捕獵啊！」

二、三十隻猴民倏地跳開，連忙為他找野果去。可是在尋找的過程中，他們又開始偷吃和打架，等送到毛克利手上的時候，果子只剩下一點點了。更過分的是，猴民還押著他硬是要他表示感謝，同時警告他不要身在福中不知福。毛克利咬緊牙關什麼也不說。他被一群大呼小叫的猴民拖到了一個平臺，那下面是一個紅沙岩修建的蓄水池，蓄了半池子的雨水。猴民們輪番上來對毛克利說，他們是多麼的聰明、多麼的強壯、多麼的偉大，他想離開他們是多麼的愚蠢。這讓毛克利忍不住笑了起來。

而這時候，毛克利的朋友們正趴在城牆外破敗的水溝裡，注視著這一切動靜。他們很清楚大量猴民聚集在一起有多麼危險，所以他們不能輕易冒險。

巴西拉悄悄的衝上斜坡，伸出前掌，對圍著毛克利的猴民左右開弓，受驚的猴民發出惱怒的嘶吼，當他們發現入侵者是單槍匹馬的時候，紛紛高聲吼道：「別怕，只有他一個。殺死他！殺死他！」

亂成一團的猴子將巴西拉團團圍住，對他連抓帶咬、連撕帶扯展開攻擊。同時間另一群猴子，把毛克利拖上了高聳的宮牆，將他從頂端的洞推了下去。

如果是一個在人類社會長大的孩子，肯定會因為這一推而摔得皮開肉綻，因為那可是從足足五公尺高的地方摔下去啊！但是毛克利接受過巴魯老師的嚴格訓練，因此當他雙腳落地的時候，穩穩的站住了。雖然那下面有大量群聚在此的眼鏡蛇，但是他能用蛇語和他們溝通，所以沒有受到任何的傷害。

他靜靜的蹲在那裡，聽著外面激烈的戰鬥聲。他知道巴西拉不可能獨自前來，所以他對外大聲吶喊：「巴西拉，到蓄水池去！往蓄水池翻滾，連滾帶衝，鑽到水裡去！」

巴西拉聽到毛克利的吶喊，知道他是安全的，頓時勇氣倍增。於是他奮不顧身闖出了一條路，往蓄水池逼近。

就在此時，最靠近叢林的那堵牆外傳來了巴魯的戰鬥口號，這隻笨重的老熊終於趕來了。他剛爬上平臺，猴民一湧而上，他的頭被淹沒在一波波簇擁而來的猴群中，把他困在中間，成為只能看見熊頭的猴子漩渦，但他張開兩隻前掌盡可能多抓住幾隻猴子，然後猛力摔去，或將兩頭相撞，一一解決了成堆的猴群。

這時候傳來「砰！」的一聲，接著又是「嘩啦！」一聲，毛克利知道巴西拉已經衝入蓄水池，猴子不會跟著進去的。巴西拉躺在水中，腦袋剛剛好露出水面，猴子們則站在紅色的臺階上乾瞪眼，氣得拚命蹦跳，準備著一旦巴西拉離開水中，就從四面八方撲到他的身上去。

趁著這個時候，巴西拉抬起下巴，向石蟒卡亞發出呼叫，他相信在這關鍵時刻，卡亞肯定做好加入戰鬥的一切準備了。儘管巴魯在平臺上被不斷湧來的猴子壓得喘不過氣，但是他聽到巴西拉的呼救聲還是忍不住笑了起來。

卡亞此時還在爬西牆，他扭動身體的時候把身下的一塊石頭撞翻了，他不想失去所處的位置優勢，所以一次又一次的把身體盤起來又打開，以確保長長的身體每一個部分都能派上用場。

蝙蝠飛來飛去把惡戰的消息傳到叢林的每一個角落，叢林裡的動物們都被驚醒。整座叢林都被這震天的喊殺聲給驚醒了！

這時卡亞已經調整到最佳的戰鬥狀態。他像一支長矛或一個撞城槌那樣向猴民襲擊，猴群馬上被震懾住了。多少世代以來，猴民們只要一聽長輩講起石蟒卡亞的故事，就會嚇得立刻循規蹈矩。因為卡亞是猴民的天敵，他永遠能無聲無息的抓住猴民，誰也沒有從他的「擁抱術」裡活著出來。他的傳說讓猴民連正眼都不敢瞧他一眼，就全撒腿四散而逃了，再也沒有人能顧及毛克利。

整座城池從剛才的喧鬧瞬間陷入一片沉寂，卡亞、巴西拉和巴魯想辦法要解救毛克利。可是毛克利被推下高牆聳立的宮殿裡，就像掉入極深的陷阱一樣，很難從裡面爬上來。

卡亞仔細觀察地形後發現，石窗上有一條裂縫。他用盡力氣猛撞了六下，那石窗便轟然倒下，激起了一陣灰塵和瓦礫。毛克利從塵土飛揚的裂口跑了出來，飛撲在巴西拉和巴魯之間，兩隻手分別抱住巴西拉和巴魯的大脖子。

「你受傷了嗎？」巴魯抱著他輕聲問。

「我又痛又餓，他們可把我害慘了！」

「我們也一樣！」巴西拉舔著嘴唇看向周圍的死猴子說。

魯說。

「唉！算了，那沒什麼，只要你安全回到我們身邊就好，我的孩子！」巴

巴西拉提醒道：「這個事情我們以後再說，我們首先要感謝卡亞，是他救了你的命！」這時毛克利才注意到，在他的頂上方出現了一個大蟒蛇的頭。

「原來這就是人類小孩啊！」卡亞說；「他的皮真是柔軟光滑啊！可是他和那些猴民倒是有點像，呵呵，以後可千萬要小心，不要讓我把你錯當成一隻猴子給吃了。」

「今晚我的命是你救回來的，以後我所捕獲的一切獵物都是你的，如果有一天你落入陷阱，我也一定會拚盡全力去救你的。」毛克利說出自己的感激之情。他這樣的言行舉止非常恰如其分，讓大家都非常高興。

回程的路上，巴西拉按叢林法則賞了毛克利幾下「愛的掌記」，作為對他小小的懲戒，七歲的毛克利坦然承認錯誤。毛克利疲累不堪，很快就睡著了。巴西拉把他一路馱在背上送回了狼穴，放在狼媽媽的身邊。

第三章　恐懼的來源

毛克利跟著他的老師巴魯學習著各種叢林法則，每當他對這種學習感到厭倦的時候，巴魯就會告誡他：**叢林法則就像爬山虎植物一樣，纏繞著每個叢林居民，誰也逃脫不了。**可是毛克利對這樣的警告絲毫不以為意，因為對於一個成天只關心有沒有吃飽、睡飽的孩子來說，並不會思慮到這些遙不可及的事情。直到有一年，叢林居民們全都面臨了巨大的危機，這時，不僅是毛克利，每一隻動物都開始正視起叢林法則的重大意義。

事情要從那個滴雨未下的冬季開始說起。最先感受到情況不妙的是豪豬，他永遠只吃那些優質、熟透的食物，所以是他最先發覺那些美味的野山芋快絕跡了。而當他把這個消息告訴毛克利的時候，這個天真的孩子並沒有意識到危機將至，只覺得那又有什麼呢？

直到隔年春天，巴魯最喜愛的毛花樹沒有開花，河谷兩岸的綠色植物亦開

始枯萎；池塘裡的水漸漸消失，塘底出現乾裂的紋路；爬山虎植物成片從攀緣的樹上掉落；連岩石上的苔蘚也都枯死了，只剩下曝曬滾燙的岩石。

飛鳥和猴民早已逃到北方，因為他們能預知即將要發生的災難；野豬和野鹿闖進村子，想要尋找食物，可是往往還沒找到食物，就先餓死在毫無反擊能力的村民面前。只有老鷹活得越來越好，因為每天都有吃不完的死屍。

毛克利開始體會到饑餓的滋味，他開始吃起岩石蜂房裡刮出來的陳年蜂蜜──乾枯色黑，那在以前根本入不了他的眼，但現在沒有辦法，為了解決餓肚子的問題，只能吃了。

不過，最令人焦慮又憂心的是缺水，因為叢林居民雖然不常喝水，但只要一喝起來，一定是要放開肚皮喝個痛快。

瓦茵根迦河原本寬闊的河面越來越狹窄，最後變成了一條涓涓細流。活了百多年的野象哈迪看見了「和平岩」──一長條藍藍的石樑，乾涸的暴露在河的正中央。他知道看見和平岩就表示要執行「水約」了，這是他父親在五十年前做過的事情，如今將由他擔負起這個重責大任。

按照叢林法則，「水約」一旦宣布，此期間內在飲水區捕殺獵物者，皆會被處死。因為在大旱期間，飲水第一，食物第二。在水源有限的時候，當叢林居民全都來這裡解決生存問題，捕獵活動就必須全面停止。

在風調雨順的季節裡，瓦茵根迦河周圍往往潛藏危機，來飲水的小動物們常會遭到蟄伏在那裡的大野獸襲擊，一不小心就會成為他們的美味大餐。但現在，所有的叢林居民都又餓、又累、又渴，大家全擠到了近乎乾涸的河邊，喝那汙濁的水來維持自己的生命。野豬和野鹿失去了最美味的食物；野水牛再也不能在水中洗澡解暑；蛇離開自己的窩，來到這裡渴望抓隻青蛙；魚只能在泥濘裡苟延殘喘。整個世界都失去原來的生氣，只剩下空氣裡瀰漫的一股熱浪。

毛克利因為沒有皮毛，所以看起來比一般的野獸更瘦弱、更可憐，他身上的肋骨清晰可見，頭髮被曬成了亞麻色。因為長期爬行，所以手肘和膝蓋上都長了厚厚的老繭，但是在纏結的頭髮下卻有著一雙冷靜的眼睛，因為他的老師巴西拉教導過他：**越是在艱險的情況下越要保持鎮定。**

巴西拉說：「現在情況雖然險惡，但是這一切終將會過去，千萬不要以為雨季把我們給遺忘了。來，我們去和平岩上聽聽消息吧！」

他們沿著叢林下層朝和平岩走去，一路上看見動物們爭先恐後趕去喝水，乾燥的叢林中到處瀰漫著飛揚的塵土。

他們終於來到了河的上游，看見「水約」監督者——野象哈迪和他的兒子

們守候在和平岩周圍尚有少量水流的河灣處。他們雖然也被乾旱折磨得乾癟削瘦，仍然盡責的在水灣旁巡視。中游處散布著野鹿，再往下游是野豬和野牛，對岸則是專為肉食動物——老虎、狼、黑豹和熊劃出的界限。看來「水約」在這裡被執行得非常好。

巴西拉忍不住輕輕說了句：「要不是那條法規，我就可以在這裡好好的進行一場捕獵！」野鹿的耳朵可靈了，他馬上驚恐大叫：「水約！記住水約！」野象哈迪立刻高聲提醒：「那邊安靜！安靜！請記住水約！不要在這裡談論捕獵的事情！」

巴西拉停止了他的想像，開始傾聽動物們透露的消息，遺憾的是一個好消息都沒有，大家都在說自己如何長途跋涉才來到這裡喝上一口渾濁的水，在路上是經歷了怎麼樣的危險和坎坷。

水位還在一天天的下降！

巴魯擔心毛克利沒有辦法支持到旱季過去，因為他看起來是那麼的骨瘦嶙晌。毛克利並不這麼想，但他明白老巴魯會有這樣的想法，完全是因為他沒有皮毛遮掩。事實上，他還是非常健壯的。

希爾汗也一瘸一拐的走下水來，他很快就發現了毛克利，而且他發現毛克利正用最傲慢的眼光盯著他瞧。希爾汗被看得挺不自在的說：「不人不獸的東西，你休想來喝一口水！」他倨傲的把嘴巴浸到了水裡開始喝水，黑色油亮的條紋在水底飄動著。不一會兒，他冷冷的說了一句：「我一個小時前殺死了一個人！」獸群裡立刻引起一陣騷動，剛開始是耳語，後來聲音逐漸變大：「人！人！他殺人了！」但是野象哈迪沒有任何反應。

希爾汗更加得意了，「我獵殺人類是為了叢林法則，不是為了食物。現在我來喝水，順便把自己洗乾淨！」

哈迪終於忍不住問道：「你獵殺人類是為了叢林法則？」

希爾汗回答：「是的，殺人是我的專權！」

哈迪生氣了，「那就走吧！這條河是用來喝水的，不可以玷污。在這樣的季節裡，人和叢林居民都處在生死邊緣，可是一隻瘸腿的老虎卻還在吹噓他的權利，不顧叢林自由之民的死活，明顯違反了叢林法則。你別把這裡的水沾汙，還是先回自己的窩去吧！」

毛克利很好奇，在巴西拉的鼓勵下，他鼓起勇氣問：「希爾汗說殺人是他的權利是怎麼一回事啊？」

哈迪說：「好吧，今天我就在這裡講一個古老的傳說！」

動物們立刻安靜下來，開始聆聽哈迪講述一個和人有關的傳說。

「在叢林剛剛誕生的時候——我們誰也不知道那是多麼古老的一個時代，動物居民們全部生活在一起，誰也不害怕誰。那時候沒有乾旱，樹上長滿葉子、花兒和果實，足夠所有的動物們享用。那時候的叢林之王是『始祖象薩阿』，他用他的神力創造了叢林中的一切——樹木、河流、池塘等等。

「但是不久之後，叢林居民開始為食物爭吵。他們整日遊手好閒，希望自己躺在那裡就有充足的食物。可是始祖象忙著創造工作，無法兼顧群獸的糾紛。

為了把叢林管理的更好，他委任了始祖虎作為法官，解決居民的爭端，那時候的始祖虎和其他叢林居民一樣，也吃果子和草，身上也沒有條紋，叢林居民也不懼怕他。

「可是有一天，兩隻雄鹿之間發生了爭吵，他們倆一起對調停的始祖虎講話的時候，雙方互不退讓，一隻雄鹿頭用角頂了一下始祖虎，始祖虎非常生氣，他一時忘了自己的身分，猛然撲向那隻雄鹿，咬斷了他的脖子。始祖虎顯然被自己闖下的大禍嚇傻了，一路跑到了北方大澤就沒回來了。叢林居民們因為沒有了法官，

時常起內訌，薩阿聽見吵鬧聲又回來了。他知道誰是兇手後，詢問誰願意擔任叢林的法官，這時候樹上的灰猴跳出來說他願意當叢林的法官，薩阿笑著說：

「那就這樣吧！」

「灰猴表面上一副聰明相，實際卻是愚不可及，他讓叢林居民蒙受了巨大的恥辱。後來薩阿把大家召集在一起，說：『你們的第一個法官把死亡帶進了叢林，第二個法官把恥辱帶進了叢林。**現在我們需要擬定一套叢林法則，要有一套你們不可隨意冒犯的叢林法則**。現在你們將要知道『恐懼』了，一旦你們發現了他，你們就必須承認他是你們的主人，大家必須服從於他。』

「叢林居民們開始上上下下的尋找『恐懼』，最後終於在叢林的一個山洞裡找到了。他沒有毛，用後腿走路。他一看見我們就尖叫起來，那聲音讓動物們不寒而慄。在令人恐懼的叫聲中，叢林居民們沒有像往常一樣全部聚集在一起，而是各自和同類族群聚在一起發抖。**那個恐懼的名字就是『人』**。

「這個消息最後傳到了躲在北方大澤裡的始祖虎的耳裡，他氣憤填膺的說：『我要去找那個東西，咬斷他的脖子。』在他疾奔回來的路上，沿途的藤蔓和樹木在他的身上留下了一道道的條紋，始祖虎希望能靠游泳和在泥地裡打滾，洗掉身上的條紋，可是發現怎麼也洗不掉。他問薩阿：『我究竟做了什麼，竟然碰上這樣的事情？』薩阿說：『**你殺死雄鹿，把死亡帶入了叢林裡，而伴隨著死亡，就帶來了恐懼。**因為這樣，叢林裡的居民開始互相懼怕，就像你懼怕沒有毛的傢伙一樣。』始祖虎不相信，『他們不會懼怕我，因為他們很早以前就認識我了。』但薩阿只是平淡的說了句：『去看看吧！』

「始祖虎跑進了叢林大聲呼叫，卻發現叢林居民因為害怕，全遠遠的躲著。始祖虎的自尊心垮了，他只希望薩阿能讓他的孩子知道，他曾經是沒有恥辱、沒有恐懼的。薩阿說：『這個我能辦到。今後你每年都會有一個晚上，可以恢復那頭公鹿被殺死之前的情況。在那個晚上，你如果碰見了人，你不必懼怕他，他卻要懼怕你，就像你仍是叢林的法官時一樣。在那個夜晚，你不要嚇唬人，要饒恕他！這樣，你就會再度受到動物們的愛戴。』

「可是，當始祖虎看見身上條紋的時候，卻火冒三丈，在他專權的那個夜裡，竟對人發出進攻，咬斷了人的脊背。他認為叢林裡只有那一個東西是恐懼，他已經把恐懼殺死了。薩阿從北方的森林裡回來，無奈的對他說：『你多麼魯莽、多麼愚昧啊！**你已經鬆開了死亡的腳，他將一直跟著你。你教會了人類如何捕殺！**』隔天早上，出現了另一個人，他看見了那個被殺死的人和始祖虎，於

是拿起了一根尖棍子。從此，人類開始發明了套索、陷阱、機關、飛棍、來福槍等等，而叢林裡亦充斥著對人類的恐懼。然而，誠如薩阿所承諾的，每年的某個夜晚，人會害怕起老虎，而老虎也不會手下留情。至於其他日子，人會追殺虎，『恐懼』則日日夜夜行走於叢林之中。」

「只有一晚人類會害怕老虎嗎？」毛克利問道。

「是的，只有一晚。」哈迪回答。

「可是，叢林的所有居民都知道，希爾汗趁夜晚三番兩次殺害人類啊！」

「即使如此，他還是從背後而來，並在襲擊時將頭轉向一邊，他仍帶著原始的恐懼，因此只要人類一看著他，就會馬上逃跑。可是當那個夜晚來臨，他就會大搖大擺跑下山，在村莊的街道房舍開始獵殺。」

「噢！」毛克利一面自言自語，一面在水裡打滾：「現在我終於知道希爾汗命令我看他的原因了，他的雙眼一直無法看著我嘛！可是我是叢林居民，又不是人類。」

「人類知道這個故事嗎？」巴西拉問。

「除了老虎和象群外，無人知道，現在我說了這故事，你們都知道了！」故事說完後，哈迪將鼻子伸入水中，不想再說話了。

「可是……可是，」毛克利轉向巴魯：「為什麼老虎不再吃草、葉子、樹呢？他只不過咬了公鹿的頸子，又沒有吃他。是什麼促使他對肉產生興趣？」

「全是因為樹和蔓草在他身上做下了記號，小傢伙！所以他就再也不吃樹上的果實；並將仇恨都報復在草食者身上。」巴魯答道。

「這麼說，你早就聽過這故事囉？為何我從沒聽說過？」

「因為叢林裡充滿了這類故事。但只要我開了頭，就很難一下子說完。」

第四章　老虎！老虎！

毛克利在「大會岩」和狼群爭吵結束後，離開了狼穴，下山後就朝著人們居住的村莊奔去。他沒有在這裡停留太久，因為距離叢林太近了，於是他沿著河流邊崎嶇的道路，再往下游走。他走了將近二十哩後，來到了一處從未來過的山谷。這裡是一個廣袤的草原，被峽谷所隔絕，一頭有一個小小的村莊，另一頭卻是密林與一片綿延的牧原，草原上到處都是黃牛和水牛在吃草。這時候毛克利看見了幾個牧童，還沒等毛克利向他們打招呼，他們就大喊一聲驚慌失措的逃走了。那些在每個印度村莊都可以看見的黃毛野狗，也開始狂吠起來。

毛克利繼續往前走，他已經感受到極度的饑餓了。但是當他來到村口的時候，他看見大門都被緊緊的關上了。「看來人也害怕叢林居民。」他這樣想著，然後就在村口坐了下來。等到有一個人出來的時候，他用手指指自己的嘴巴，表示自己要吃東西，可是那人盯著他看了看，撒腿就往村子裡唯一的街道深處

跑去，嘴裡大喊著：「祭司！祭司！」

很快祭司就來了。他是一個高大的胖子，身上穿著白衣服，額頭上還塗著紅色和黃色的圖案。他的身後跟著一百多名的村民，全好奇的打量著他，還用手指指點點。毛克利不明白他們為什麼這麼沒有禮貌的對他，祭司仔細打量了毛克利很久之後，說：「這有什麼可怕的呢？你看他身上那些被狼咬過的傷疤，他肯定就是一個從叢林裡跑出來的狼孩子！」

毛克利不知道為什麼，人們會把他身上小小的印記，看作是狼咬傷的疤痕，在他看來那根本就不叫咬，因為他知道真正的「咬」是什麼滋味，當然，在他和幼狼們一起玩的時候，幼狼們往往用嘴夾住毛克利，所以在毛克利的身上、胳膊上、腿上到處留下了親密的印記。但是這對毛克利來說一點都無所謂。

這時，人群中發出了一陣陣感歎聲，有幾個婦人不約而同的說：「多麼漂亮的孩子啊！眼睛像紅色的火焰一樣！他不會就是美絲瓦那個被老虎叼走的孩子吧？」

一個手腕和腳踝上皆戴著沉甸甸的銅鐲子的女人，仔細的盯著毛克利看了很久後說：「真的很像啊！長相和我的孩子簡直是一模一樣，就是瘦了點！」

祭司是個聰明人，他知道美絲瓦是村裡大富人家的女主人，便趕緊說：「叢林取之，叢林還之。把孩子帶回妳家去吧！」

毛克利彷彿又經歷了一次狼群大會的考察，最終他被美絲瓦帶回了家。進入屋內，有紅漆床、有陶製的糧食箱子、還有銅鍋和印度神像。美絲瓦給他吃了麵包和牛奶，然後把手放在他的頭上仔細端詳，輕輕叫著一個名字：「納圖！納圖！」她心中暗忖著：也許這真的是她的親生兒子，老虎把他叼到了叢林裡面，現在叢林又把他還回來了！

毛克利從來沒有聽過

這個名字，而且美絲瓦還用手碰了碰他的腳，那雙腳硬得像牛角一樣。美絲瓦說：「這雙腳從沒穿過鞋。但是你長得實在是太像我的納圖了，你就當我的兒子吧！」毛克利所經歷的這一切都讓他感到不自在，因為他從來沒有在一間屋子裡生活過。

但是毛克利很快意識到，要在人們之中生活就必須學習他們的語言，所以只要美絲瓦說一個字，毛克利馬上跟著學，而且往往能學得一模一樣。憑著他學習各種野獸語言的經驗，不到天黑，他便學會小屋裡很多東西的名字了。

晚上的時候，毛克利選擇到小屋的外面睡覺。因為他實在不喜歡睡在那個看上去像豹子陷阱一樣的小屋裡，所以當他們把門一關，他就從窗戶跳了出去。他舒服的躺在一片乾淨的長草中，剛閉上眼睛就感覺到有一個柔軟的灰鼻子在觸碰他的下巴，他知道那是狼兄弟的大哥，「灰狼」來看望他了，他給毛克利帶來了好多消息，比如：希爾汗去了遠方捕獵，但他發誓一定要回來找毛克利報仇！

從那個夜晚開始，大概有三個月的時間，毛克利都沒有離開過那個村子，他忙著學習人的各種生活習慣，比如他要學習穿衣服、學習使用錢、學習耕地等。村裡的孩子們經常取笑他，這讓他非常生氣，但是叢林法則卻教會他要忍耐。最令他不能理解的是：**同樣是村裡的人，卻被分出了很多等級。**

有一次，他幫忙一個陶工把一頭跌進泥坑裡的驢子拉上來，卻讓人們大為震驚。因為在他們看來，陶工是一個低賤的人，誰都不可以幫助他。祭司決定給毛克利派一點工作，讓他去放牛。對於這個工作毛克利很開心，因為他成了一個有用的人。

晚上，他去參加在一棵大無花果樹下的集會，村民們在那裡談論一些事情，包括很多叢林的故事。毛克利聽著他們的叢林故事，覺得很多都是他們瞎編出來的。可是，他的真話卻惹得大家生氣不悅。

從那天開始，毛克利就當上了一名牧牛童，他帶領著一群小牧童閒散而快樂的執行著放牛的任務。在這期間，灰狼常常帶來一些消息，比如：希爾汗回來了，正在找機會向毛克利報仇等。

沉寂了整整一個月，有一天，希爾汗在吃飽喝足後，帶著塔巴奇來找毛克利復仇了！他以為這一個月的沉寂，已經使毛克利喪失了警惕性；其實還沒等他們走到毛克利附近，灰狼已經把這個消息報告給了毛克利。

「希爾汗打算今晚在村口等你，就等你，不等別人。他在天剛亮的時候殺了一隻豬，喝水喝飽了，現在正在瓦茵根迦河附近的那條大溝裡躺著！」灰狼對希爾汗的行蹤一直瞭若指掌。

毛克利把一根手指放在嘴唇上沉思著：「瓦茵根迦河的大河谷就在離這裡不到半英里的開闊平原上，我可以帶著牛群穿過叢林，繞到河谷源頭，然後橫掃而下——把希爾汗踏平。可是為了防止他從河谷尾端溜走，我需要幫手！」

灰狼笑了，「沒問題，我帶來了一位得力助手！」灰狼小跑過去，鑽進一個小洞，然後從那裡冒出了一顆毛克利非常熟悉的灰色腦袋，是毛克利日夜思念的阿凱拉。

兩隻狼奔跑了起來，在牛群中進進出出，很快的牛群被他們分成了兩群，一群是母牛和小牛，另一群是青壯年的公牛和犁牛。這是六個大漢也不可能完成的任務，可是灰狼和阿凱拉卻做得那麼乾淨俐落。

毛克利指揮道：「阿凱拉，把公牛趕到河谷源頭去！灰狼，等我們走了以後把母牛集中在一起，把他們趕進河谷尾端，趕到河岸高處希爾汗跳不上去的地方，叫他們待在那裡等我們下來！」

其實毛克利的計畫非常簡單：他只不過是要繞個大彎到河谷源頭那裡去，先把上坡團團圍住，堵在峽谷出口，然後他讓公牛群沿陡坡奔馳而下，把希爾汗夾在公牛群和母牛群中間。因為他知道，希爾汗吃飽喝足後既不能搏鬥，也爬不上河岸。如同激流俯衝而下的牛群，很快就會將希爾汗踩死。

完成一切準備工作之後，毛克利說：「讓他們歇口氣吧！我得告訴希爾汗誰來了，好讓他落入圈套。」他將雙手靠在嘴巴邊合成一個喇叭，朝河谷下面大喊，回聲在山谷間不斷迴盪。過了很久，終於傳來一隻吃得飽飽、剛睡醒的老虎的吼聲。

「好！出發！」毛克利發號了命令。他騎在一隻水牛背上，指揮著他的軍隊。只見黑壓壓的牛角，噴著白沫的鼻嘴和直視前方的眼睛，像山洪爆發一樣挾帶著巨石滾滾而下。希爾汗感受到了死亡的威脅，他爬起身來，笨拙的沿著河谷往下游逃竄，希望在那裡能找到一條生路。可是兩邊都是懸崖峭壁，他又因為吃得太飽，身體笨重，怎麼也跑不快。水牛們用腳踩、用角頂，過不了一會，希爾汗便陣亡了，甚至已經有老鷹準備前來啃食他的肉了。

毛克利用他總是掛在脖子上的刀，把希爾汗的皮剝下來，準備放到狼群的「大會岩」上。對一個在人群中長大的孩子而言，要剝掉一隻三公尺長的老虎的皮是多麼困難的事情，可是毛克利比誰都清楚動物的皮毛是怎麼生長的，所以雖然這是一件苦差事，但是他很順利的便完成了這項工作。

這時候，背著塔牌老槍的布迪歐來了，原來是孩子們跑回去，把水牛驚慌亂竄的事情報告給了村裡的大人。布迪歐怒氣衝衝的趕來了，當他看到這隻死老虎的時候，立刻想到要用虎皮去換取一百盧比的賞金，他完全沒有想到是毛克利的機智才取得了這場勝利。毛克利想著這張虎皮的用處，他需要把這張虎皮放到「大會岩」去，布迪歐口中的那些賞金對他來說毫無吸引力，可是他的想法遭到了布迪歐的訓斥。

「我以那頭贖買我的公牛起誓！」毛克利說：「我一塊錢都不要，這是我和老虎之間的舊帳，而我贏了！難道我要和一個老人在這裡解釋這所有的一切嗎？阿凱拉，請幫助我！」

阿凱拉冷不防撲了上來，直接把布迪歐壓在地上；而毛克利一副整個世界都聽命於他的神態。布迪歐充滿恐懼和疑惑的看著這一切，他意識到這不是一個普通的孩子，「這是巫術，最厲害的魔法！或許眼前的這個孩子馬上就會變成一隻老虎！」他驚恐的想著。

「我的大王！」他終於鼓起勇氣用嘶啞的聲音哀聲道：「我是個老頭子，不知道你大有來頭，我一直把你當成一個牧牛童。請放我一條生路吧！」

「去吧，祝福你平安！下次別管我的閒事就好啦！阿凱拉，讓他走吧！」

布迪歐踉蹌的往村子裡跑去，還不時回頭望望毛克利，他不知道毛克利會不會反悔，或是突然變成什們可怕的東西。跌跌撞撞的跑回村子後，他繪聲繪影的把毛克利形容成了一個巫師。

完成計畫後，毛克利並沒有忘記他放牛的職責。在迷濛的暮色中，他把牛群再聚集起來。趕著牛群走近村莊的時候，他看見村子裡燈火通明，而且廟宇裡響著海螺的號角聲和大鐘的撞擊聲，半個村子的人都在村口等著他。毛克利非常激動，心想：「因為我殺死了希爾汗，他們在等待英雄的歸來！」

可是，當毛克利走近村莊的時候，村民的石頭卻像雨點一樣迎面而來，布迪歐甚至朝他開了槍，但是子彈完全沒傷到毛克利一根汗毛，反而傷了一頭水牛。這讓村民更加認為他是一個可怕的巫師！毛克利對此感到困惑不已，村民們為什麼要驅趕他？

混亂中，毛克利聽到美絲瓦的聲音：「我的孩子啊！他們說你是個巫師，隨時能變成一隻野獸。我不相信！我知道你只不過是為我死去的納圖報了仇！你還是趕緊離開吧！否則他們會殺死你的！」

就在這時候，一塊石頭砸中了他的嘴角。他苦笑了一下，大聲喊道：「快回去吧！美絲瓦！這只不過是他們所說的愚蠢故事之一！美絲瓦，至少我為你兒子報仇了！再見了！趕快逃，好好保重自己。」

等美絲瓦走遠之後，毛克利繞到水牛群後面吼了一聲，水牛群立刻像怒濤洶湧般衝向村莊入口。

「你們好好點點牛群的數量，說不定我會偷走其中一頭，我再也不會為你們放牛了！今後若敢對美絲瓦不客氣，我會帶著狼群來鬧得你們雞犬不寧！」

話一說完，毛克利便帶著他的狼兄弟們奔向叢林。他抬頭仰望星空，說道：「我不必再住在圍欄裡了，我們回去吧！不要傷害這些無知的居民，因為美絲瓦一直非常照顧我，對我很好！」

毛克利帶著他的狼兄弟們又回到了狼穴，看見愛他的狼媽媽在洞口等他。

「媽媽，他們把我從人群裡趕了出來，可是我沒有食言，我把希爾汗的皮給帶回來了！」

狼媽媽看著她最疼愛的小娃兒回來了，淚眼盈眶，眼睛閃亮亮的。

然後，毛克利到大會岩去，把希爾汗的虎皮鋪在阿凱拉常坐的那塊平坦的石頭上，阿凱拉又像以前一樣坐上了他首領的位置上：「大家注意看！」自從阿凱拉下台以後，狼群很長一段時間都沒有首領，但是這聲召喚，又使他們聚集在一起了。那段沒有首領的日子可讓他們吃遍了苦頭啊！狼群吶喊著：「再來領導我們吧！阿凱拉！再來領導我們吧！小娃兒！我們對這種漫無法紀的生活厭煩透了，我們希望再次成為自由之民！」

「不，人群和狼群都把我驅逐了出去！從此以後，我只願意自己一個人在叢林裡狩獵！」毛克利說。但是，他的狼兄弟們仍緊緊跟隨他。因此，他又回到了他的叢林，和他那四個狼兄弟們一起繼續在叢林生活。

第五章　叢林的力量

毛克利把希爾汗的虎皮送到「大會岩」，鄭重向大家宣布他的歸來！他又重新回來過他所熟悉的叢林生活，回到他思念已久的狼穴裡了！

一個午后，他向狼爸爸和狼媽媽談起他在人群裡生活的經歷。當狼媽媽聽到人們用石頭當武器驅趕毛克利的時候，忍不住氣憤得想去討回公道。不過，狼媽媽對美絲瓦百般關照毛克利，則是感激萬分——她希望天底下所有人、所有野獸，都能像自己愛毛克利那樣愛他。

毛克利把自己的頭靠向狼媽媽的肚子，滿足的笑了。他不願意再看到、聽到或聞到人類了！

阿凱拉在毛克利把虎皮送回「大會岩」後，又沿著原路回去，把他來時的足跡弄亂，讓人們無法找到他們走過的路徑。這時，蝙蝠就在他的頭頂散布著消息：「在你們離開村莊後，村民們就在小傢伙被驅逐的地方，聚集了起來呢！

我看到『紅花』在村子口，村民們拿著槍圍坐，像黃蜂般嗡嗡嗡的討論著什麼。」

阿凱拉回頭告訴毛克利：「不久，那些人要拿著槍來追趕我們了！」

「為什麼要這麼做呢？他們已經把我驅逐出境，究竟還想要做什麼？」毛克利氣急敗壞的說。

「你就是人類呀！小傢伙！」突然，阿凱拉迎風騰身一躍，落到了五十碼外的地方，半蹲半立，身子直挺著。毛克利在一旁觀望，他知道阿凱拉擁有敏銳的氣味辨別能力，「人！」阿凱拉叫了一聲後，將身體完全蹲低。

「是布迪歐！他還是跟著我們的足跡找來了！那就是他的槍桿返射的刺眼光芒！」毛克利也意識到危險的逼近。

「我就知道會有人跟來！」阿凱拉怒不可遏的說道。

毛克利對一逕沉默的四隻狼兄弟說：「好的，兄弟們！我們五個究竟誰才是領導者？」

「你呀！小兄弟。」灰狼舔著毛克利的腳回答。

「那就來吧！」毛克利一聲令下，四隻狼兄弟就夾著尾巴，緊緊跟隨在後。

「這下又要和人類扯上關係了，」巴西拉加入他們的隊伍，說道：「這回，叢林動物要學習的，可能比叢林法則還多，是不是，巴魯？」

老熊巴魯雖然沉默不語，卻不斷思考著許多事情。

毛克利在矮樹那端看見一個人肩負著步槍，在他們兩天前遺留下足跡的小徑上趕著路。

那日當毛克利背著希爾汗厚重的虎皮離開村莊時，阿凱拉和灰狼尾隨在後，小

徑上的痕跡至今仍然清晰可辨。獵人布迪歐正走在阿凱拉故布疑陣的小徑上，他一邊喃喃自語一邊蹲了下來，然後撿起石頭往叢林裡丟。

灰狼和兄弟們作好了戰鬥的準備，他們打算取下布迪歐的性命。但是毛克利嚴厲的制止他們，因為人們都是成群結隊捕獵的，只殺死一個人決不是好主意，除非知道其他人要做什麼。

毛克利帶著他的狼兄弟們悄悄的穿越叢林，把布迪歐包圍在中間，就像一群海豚圍著一艘全速前進的輪船一樣。布迪歐畢竟是一個老獵手了，他看著狼留下的腳印，嘀咕了一聲：「這些狼一定在附近出沒！我這輩子從沒見過這樣的腳印。」略感疲憊的他，坐下來稍作休息。

這時候，一小群燒炭人沿著小路走來，大家都認識布迪歐，因為他是這一帶最有名的獵人。燒炭人坐下來開始和他們聊了起來，布迪歐開始添油加醋的說起毛克利的故事，他把毛克利形容成了一個「魔孩」，而自己是最了不起的獵人，親手殺死了老虎阿爾汗，還和變成狼的毛克利打鬥，所以村子裡的人請求他來抓住這個可怕的妖魔，好讓大家能安心生活。最後，他還提到美絲瓦和她的丈夫，說他們就是這個「魔孩」的爸媽，村民已經把他們抓起來，關在他們自己的小屋內，很快就要加以拷打，等他們招供自己是巫婆和巫師之後，就要把他們燒死。

燒炭人對這個消息非常感興趣，因為他們很喜歡參加那種血腥的儀式。布迪歐得意的說，那必須等到他回去才會舉行，因為沒有他在那裡主持，村民什麼事情也辦不成。而且，在燒死美絲瓦和她的丈夫以後，他還得主持如何分配他們的土地和水牛——富裕的他們擁有一些非常肥沃的土地和一群非常壯碩的水牛。當然，這件事絕對不能讓英國人知道！英國人絕對不會讓村民私下處決巫師，所以村子的工頭會向英國人說，美絲瓦夫婦是被蛇咬而喪命。現在唯一要做的，就是殺了那個狼小孩！

毛克利不停的把這些對話翻譯給他的狼兄弟們聽，灰狼訝異的問：「難道人類還會設下陷阱捕捉人？」

「我不太懂，反正他們全瘋了，可是美絲瓦夫婦怎麼會落入他們的圈套呢？還有『紅花』又是怎麼一回事？我得去探個究竟！布迪歐沒捉住我之前，他們是不會對美絲瓦怎樣的！」毛克利自認必須回到人群去，因為美絲瓦有麻煩了，他必須去幫助她，報答她所給予的愛。

這時，布迪歐一夥人已成一縱隊，浩浩蕩蕩的上路了。

「我得趕快跑回村裡！」毛克利說。

「那些人怎麼辦？」灰狼望著那些燒炭人，只見他們的背影漸行漸遠。

「唱歌送他們回家。我可不希望他們在天黑前抵達村莊！」

毛克利讓他的狼兄弟們幫忙拖住布迪歐一群人，務必讓他們天黑以後才回到村子裡。灰狼們就在布迪歐一群人周圍唱起了歌，幾個燒炭人嚇得縮成一團，布迪歐也驚得舉起槍筒，朝各個方向胡亂指一通。

毛克利以飛快的速度往村莊趕去，他依然是那麼的強壯而且健步如飛。一心想著要把美絲瓦夫婦救出險境的毛克利，不明白人們為什麼要給人製造這種危險處境，但他決定要向全村的人討回這筆債。

天色微暗，毛克利來到草原，往村莊那頭一望，他注意到村民今天從田地裡回來的時間比平常早，而且都不去做晚飯，反而聚集在村口那棵樹下大聲聊天，議論紛紛。

他沿著村外的矮牆，躡手躡腳的走到美絲瓦的小屋前，從窗戶望進去，只見美絲瓦的手腳都被綁著、嘴裡塞著布，整個人躺在那裡動彈不得，不斷的呻吟；她的丈夫則被緊緊的綁在床架上。小屋的門緊鎖著，有三、四個人倚門而坐。毛克利悄悄的從窗戶潛入屋內，俐落的把麻繩割斷，拿掉口中的布。被村民拿石頭砸了一早上、又痛又害怕的美絲瓦，看到毛克利的時候激動不已，毛克利連忙用手摀

住她的嘴，以免她真的太開心而叫出聲來。

「我知道——我知道你一定會來！你肯定是我的兒子！我更加堅信這一點了！」美絲瓦忍不住抽泣了起來，她告訴毛克利，其實村民是覬覦他們的財富，所以說他們是巫師，他們的兒子是魔鬼，這樣就可以瓜分他們的財產了。美絲瓦的丈夫卻悶悶不樂的說：「兒子也好，魔鬼也好，對我們而言又有什麼差別呢？反正我們只有死路一條。」

毛克利指著窗外說：「那邊就是往叢林的路，快走吧！」

美絲瓦面露難色，「可是孩子，我們不像你那麼熟悉叢林，我們走不了多遠，肯定就會被他們趕上，再抓回來的！」

「不會，我會保護你們。我不想傷害他們，但是也絕對不會讓他們追上你們的！」毛克利自信的說。

這時候，外面傳來一片嘈雜聲，聽來顯然是布迪歐他們回來了！不過，他們不會馬上過來，他肯定又要把自己今天的事蹟向村民們炫耀一番。毛克利悄無聲息的從小窗跳了出去，他必須去聽聽他們的說話。

村民全圍著布迪歐，認真的聽著他滔滔不絕的說著一些巫術、魔鬼的事，所有人都沉浸在他所製造的恐怖氣氛中。

毛克利又回到了小屋，他小聲的說：「大家全圍著布迪歐在聽他胡說八道，等他一講完，可能就要過來拿『紅花』把你們活活燒死了！」

美絲瓦表現出身為母親特有的勇氣，說：「我決定了，我們去卡尼瓦拉，我們可以在那裡找到英國人，他們不會容許人們暗中燒殺擄掠的。要是今晚我們能到達那裡，那我們就會有活路，否則只能被燒死在這裡了！我們還藏著一點錢，有了這一筆錢，我們可以買一匹馬，儘快擺脫村民的追捕。」

毛克利把美絲瓦夫婦送到路口，叮囑他們一路上不要害怕，即使聽到一些嗚嗚的歌聲也不要害怕，那些野獸不但不會傷害他們，還會保護他們，而且村門會一直關著，直到他們安全離開。美絲瓦給毛克利一個最深情的擁抱，她知道他就是她最心疼的孩子。

這是一個不平靜的夜晚。這個印度村莊的周圍聚集了許多叢林野獸，散發著各種的氣味，有一種使人發狂的力量。村子口樹下的聲音越來越嘈雜，散會了，人們手裡拿著棍棒、竹竿、鐮刀和匕首，叫喊著往美絲瓦的小屋湧去。

「巫婆、巫師！咱們看看燒紅的硬幣能不能讓他們招供！把他們的屋子點燃！我們看他們還怎麼收留狼魔！不，先揍他們一頓！火把！槍筒！」

村民來到小屋前，開門的時候遇到了一點點小麻煩，但他們硬是用身體把門強行推開，火把的光照進了屋子。黑豹巴西拉慵懶的躺在床上，爪子交叉著從床頭上輕輕垂下，身體黑得像地獄，看起來可怕得像惡魔。大概有半分鐘時間，屋子裡靜得連呼吸聲都沒有，隨後村民就連推帶扯的從屋裡逃了出去，門外響起一片紛亂雜沓的尖叫聲和腳步聲，人們驚慌失措的拚命往自己的小屋逃跑。才一轉眼的工夫，路上就空無一人了。如果仔細聽，還可以聽見村民正在移動沉重的糧箱，企圖把門堵上。巴西拉很滿意，他做得很好，美絲瓦夫婦會有充裕的時間，遠遠的離開村子。

毛克利回到了叢林，躺在一塊岩石上不知不覺睡著，一直睡到白天過去，黑夜又降臨，他才醒過來。當他醒來的時候，巴西拉已經為他帶來了一隻剛剛獵殺的雄鹿。毛克利用他的剝皮刀動起手來，連吃帶喝，還不時用手擦擦嘴。

老鷹帶來最新的消息：美絲瓦和她丈夫已經平安到達卡尼瓦拉，因為他們逃出村子的那個夜晚，不到半夜就找到了一匹馬，又因為有叢林兄弟們的保護，所以走得很快。而村子裡的居民，直到今天早上烈日當空，才敢出來外頭活動一下；但是吃完早飯後，又趕緊跑回屋裡去了。

毛克利沉默著。他回想起美絲瓦的血，那些流在綁著她的繩子上、已經凝固的血——這是他第一次看見人血！美絲瓦對他很好，給了他一位母親最誠摯的愛，他也毫無保留的愛著她，就像他毫無保留的恨著其他人一樣。可是即便這樣，他也不想下手要那些人的性命，讓那些可怕的血腥味再一次衝進他的鼻腔。他的計畫比較簡單，可是很澈底，而且這個靈感，其實源自於布迪歐的一個故事，這讓他覺得有點好笑。

毛克利請巴西拉去把野象哈迪一家找來，因為他的這個計畫需要他們。哈迪和他的三個兒子很快就來了。

「有件事我想請你幫忙。」毛克利說了個故事：「一頭聰明的老象掉進一個陷阱，被裡面設下的利樁戳傷，從腳到肩膀留下一道白印。人們把他從陷阱裡拖出來，可是他掙斷繩子跑了，因為他雖然受傷，力氣仍然很大。在他傷好了之後的某個夜晚，他和他的三個兒子回到獵人的田裡，把獵人的莊稼都打劫走了。」

哈迪很吃驚毛克利怎麼知道這個故事，毛克利笑著回覆：「布迪歐總算說了一回實話！哈迪，你知道把我攆出來的那個村莊嗎？他們為了奪取同類的財產，竟然要把同類扔到『紅花』裡去！為了懲罰他們，我們要再上演一次『大洗劫』！」

那是一個星月無光的夜晚，哈迪和他的三個兒子率先從叢林裡溜出來，毀壞了人們看護莊稼的檯子；隨後，野鹿大軍的先頭部隊，以排山倒海之勢衝進村子的牧場和耕地；野豬也用尖尖的蹄子和粗大的鼻子亂踢、亂撞，把野鹿沒有破壞的全部糟蹋殆盡，最後，狼群也加入陣容，不時發出一聲嗥叫，嚇得野鹿和野豬沒命的亂跑亂竄。天亮前，叢林野獸們又悄悄離開了。不過事情基本上都辦完了。

一大清早，村民起床就發現他們的莊稼全不見了！如果他們不離開，就等於是在這裡等死，因為，接下來的一整年他們都將在饑荒的威脅下掙扎。他們向神靈祈禱，但神靈告訴他們：因為他們無意中冒犯了某個叢林之神，所以整座叢林裡的野獸都來和他們作對。雖然村民依然希望能在村莊裡繼續生活，可是那些不時來犯的野獸，讓他們最終不得不全數離開了自己的村莊。

房子在人們離開之後倒塌了，曠野上的大路變得越來越模糊，地上的莊稼、地裡的種子蕩然無存，周圍的田地也已經面目全非。不久之後，這裡變成了一個坑坑窪窪的土堆，長滿了柔嫩的青草。雨季結束的時候，不到半年前還有犁頭耕種的土地，一下子就變成了一座咆哮聲四起的叢林。

第六章　國王的象叉

大蟒蛇卡亞正經歷著他出生以來的第兩百次蛻皮，毛克利特地跑去向他祝賀。毛克利永遠都不會忘記，他的這條命是卡亞在「冷酷穴」裡奮戰了整整一個晚上，才保全下來的。蛻皮的過程總是會使一條蛇情緒易怒而低落，一直要等他換上閃亮美麗的新皮，才會恢復正常。卡亞十分尊重毛克利身為叢林之王的身分，總是毫無保留的將各種動物們的消息提供給毛克利。

這天下午，卡亞將自己的身體盤成一個舒服的「安樂椅」，殷勤的讓毛克利躺在裡面。毛克利欣賞著卡亞全身蛻下來的皮，就連眼睛的皮都脫下了，覺得十分新奇，甚至想像著，如果自己也具有這種蛻去皮膚的功能，在炎熱的日子裡將會是多麼的舒服啊！

卡亞不但讓毛克利享受自己的活體安樂椅，還經常和他一起進行扭鬥比賽。這是一場眼力和氣力的較勁，他們頭對頭，來回晃動，接著陷入扭打，忽

上忽下，好不激烈啊！結束這種比賽的方法只有一個——卡亞用他的大頭朝前一個猛擊，把這孩子撞翻倒地！毛克利永遠沒辦法防範那閃電般的衝擊。

毛克利從地上爬了起來，又歡天喜地的跟卡亞跑到沼池裡嬉鬧。

卡亞告訴毛克利一個新消息：在「冷酷穴」的地下有一條很長很長的地道，那裡住著一條白眼鏡蛇，他知道很多叢林居民不知道的事情，他守護著很多叢林居民從來沒見過的東西。人類為了能看上一眼或擁有那些東西，甚至可以付出生命的代價。這條白眼鏡蛇想邀請毛克利去看看這些東西，因為他是人。

毛克利對這件事情大感興趣，他馬上收拾了一下，就和卡亞動身往冷酷穴而去。經過以前那場戰鬥，猴民對毛克利充滿了恐懼，所以當他們抵達冷酷穴的時候，四周一片沉寂。他們倆走過平臺上，經過一番尋找後，沿著一條曲折迂迴的傾斜地道而行，來到一棵巨樹的根部，發現前有巨石，順著縫隙爬下去，發現他們竟身處於一個巨大地窖。幾道亮光從隙縫穿透進了這個地窖，他們見到了那條白眼鏡蛇。毛克利有禮貌的用蛇語向他問好。

那是一條相當巨大的眼鏡蛇，身長近兩公尺左右，皮膚褪化成了一種陳舊的象牙白，頸背上的斑紋成了淺黃色，眼睛卻像紅寶石。在簡單寒暄問候之後，他向毛克利說了一個神奇的故事：「我是國王寶藏的看守人，還很年輕的時候，就被派任在這裡看守寶藏，如果有偷盜的人來，結局只有一個，那就是死亡。從我來到這裡以後，那塊堵門的巨石被打開過五次，每次都會有大量的財寶被放進來，但是從來沒有分毫被取走過。這是多麼龐大的一筆財寶啊！是一百個國王積攢下來的財寶啊！從巨石最後一次被打開至今，已經過了很久很久，久到我還以為我看守的這座城已經被遺忘了！」

「可是外面根本就沒有城了啊！那裡只有參天大樹！」卡亞說。

「你說這裡沒有城，可是你看看，一般的叢林裡怎麼可能有這麼光彩奪目的財寶！如果你能從這裡活著出去，那麼這些財寶將全數歸你所有！」白眼鏡承諾說道。

卡亞和毛克利慢慢往前走，他們看到地窖地面上堆積了一、二公尺深的金幣和銀幣，在這些堆積的金幣和銀幣之中，露出鑲嵌著寶石、裝飾著金箔、點綴著紅玉和綠松石的各種寶物，還有黃金燭臺、銀像、寶石鑲嵌的鎧甲、頭盔和盾牌、金杯、首飾等等，都是價值連城的寶物。這些寶貝的價值是無法用錢來衡量的，這是幾百年來戰爭、搶劫、貿易和捐稅蒐聚網羅的結果。

可是毛克利不知道這些東西的意義，他不知道這些不能吃、不能穿的東西有什麼意義。但是他在那堆寶物中發現了一支兩呎長的象叉。這可不是一般的象叉，這是國王駕馭大象用的刺棒，製法別出心裁，它的頂端是一顆耀眼的圓形紅寶石，往下是八吋長的柄，密密麻麻鑲嵌了綠松石，握起來非常順手。在那下面有一個玉石花環——花葉是綠寶石，花瓣是紅寶石，鑲嵌在綠寶石中。叉柄以下的部分就是一根純象牙，叉尖則是鋼製的，外面鍍金，鐫刻著捕象的圖案。（「象叉」是印度人騎大象時用來驅象的刺棒，用它的頂端戳象的頭或耳背，示意牠做各種動作。）

毛克利喜歡這個象叉，他覺得這會是他捕獵的好武器。但是白眼鏡蛇卻有點不情願，他告訴毛克利：「如果有人想把這裡的東西帶出去，那就只有死路一條！」卡亞不願意見到毛克利失望，他說：「他可不是一般的人，他會說我們蛇語，而且是你讓我邀請他來的，如果你殺死他，你讓我怎麼去向叢林裡的大夥兒交代呢？而且，你已經老到沒有毒液了，你怎麼殺死他呢？」

白眼鏡蛇最終還是同意讓毛克利把象叉帶走，但是他也提醒道：「你可以將它帶走，但是千萬要注意，別讓這東西到頭來把你們給殺了！記住，它就是死神！這東西神通廣大，它可以殺死全城所有的人！」

毛克利並沒有太在意白眼鏡蛇最後的提醒，他高高興興的帶著象叉爬出了地窖，象叉在陽光的照耀下閃閃發光。他興奮的找到巴西拉，把剛得到的象叉展示給他看，巴西拉卻又再一次提醒他：「我出生在人群，我知道人們為了這麼一顆鑲在象叉上的紅色石頭，一個晚上可以殺人三次。它就是死神！哈迪被人抓住關在籠裡的時候，人們就是用這種象叉刺他，好讓他順從人類的規矩！」

毛克利在把玩象叉一會兒後，覺得它那麼沉重，又聽說它沾染了這麼多罪惡，便開始對象叉感到深惡痛絕。於是，毛克利用力一拋，把象叉扔了出去。象叉閃著光飛了出去，叉尖朝下落在了三十碼外的草叢中。扔掉象叉之後，毛克利突然覺得好輕鬆，他爬上一棵大樹，俐落的用幾條藤條編織出一個吊床，舒舒服服的躺在裡面睡著了。

毛克利醒來的時候已經是黃昏時分，他想了想，決定再去看看那把象叉上的玩意兒，可是當他來到那片草叢中，卻怎麼也找不到那支象叉了。在象叉落地的草叢附近留下一串人的腳印，巴西拉告訴他：「有一個人把象叉拿走了。」毛克利一聽覺得很有意思，他決定要跟上去，看看這玩意兒是不是真如白眼鏡蛇所說的是死神。

巴西拉仔細看了看腳印，由於象叉的重量，使得那人在地上留下了清晰可見的腳印。他們倆循著腳印一路小跑，突然，發現了一串比較小的腳印，一看就知道是一個岡德獵人的腳印。從腳印的距離來看，不難看出那兩人之間發生了一場角力比賽，大腳印用盡各種方法試圖擺脫小腳印的追逐，但是在一塊大

石頭附近，小腳印追上了大腳印。很快的，他們就發現在一堆破碎的岩石上面，橫躺著一位當地村民，身上有一支岡德獵人的短羽長箭，從背後穿透到前胸。而且，已經不見象叉的蹤影。

他們循著小腳印繼續往前追，這是一個左肩上扛著東西、飛快奔跑的年輕人，一路沿著漫長的緩坡快速奔跑。他們追到河谷裡的營火灰旁，巴西拉突然停住。那裡躺著一個乾癟、瘦小的岡德獵人的屍體，兩隻腳埋在灰堆裡，他是被皮鞭勒死的。巴西拉仔細審查足跡，發現是四個穿鞋子的人殺了他。但奇怪的是，他們似乎停在這裡交流促談過。

毛克利越來越恐懼，他和巴西拉之間再無對話，只是默默的追趕。一個小時之後，他們聞到一股煙味兒，那裡又死了一個人，還有一捆衣服胡亂的扔在那裡。他們繼續循著腳印往前追，沒走多遠，他們就聽見烏鴉在一棵柳樹上唱著死亡之歌；樹蔭下躺著三個人，一堆殘火在三人圍成的圈子中冒煙，殘火上有一個鐵盤子，盤子裡有一塊焦黑的麵餅，象叉閃閃發光的放在旁邊。毛克利聞了聞火裡

冒出來的煙，掐了點麵餅舔了舔，叫道：「肯定是第一個人把它放在這幾個人的食物裡，這幾個人先殺了那個岡德獵人，後來又把第一個人殺了，可是最後他們自己也沒有逃過死神！」

毛克利不喜歡人，可是他也不願意為了一把象叉，一夜之間就死了六個人，他決心再也不將任何稀奇古怪的東西帶進叢林了！他決定把象叉送還給白眼鏡蛇。這時候的白眼鏡蛇，正坐在黑漆漆的地窖裡傷心，他為自己的年老和象叉的丟失，而感到痛不欲生，這時只聽見「咻——」的一聲，象叉飛了進來，然後「噹啷——」一聲，落在滿是金幣、銀幣的地上，毛克利小心翼翼的說：「眼鏡蛇老祖宗，我把象叉還給你，你還是另外再找個同胞，幫你看守這些東西吧！再也不要讓死神走出地窖了！」

「啊——哈！象叉又回來了！我早就說過這東西是死神，可是你怎麼還活著啊？」老眼鏡蛇咕噥著，同時用身體纏住象叉。

第七章　英勇之戰

自從趕走那些野蠻、愚昧、兇狠的村民，並將村莊變成一片茂密的叢林之後，毛克利開始了他一生中最快樂的生活。因為他的真誠、坦率、勇敢、聰明，所有叢林居民都和他成為了朋友，但同時也都有點怕他。毛克利有時候在叢林裡漫遊時，不是帶著他的四個狼兄弟，就是獨自一人。他經歷過的事情簡直不計其數，有趣的、驚險的和感人的都有。

舉例來說，他曾巧遇二十四隻拖著十一車銀幣前往政府金庫的公牛，在半路慘遭瘋狂巨象的毒手；也曾在北方沼澤區，徹夜與鱷魚拚得你死我活；還曾從死人身上取下一把又新又長的刀，追殺那隻行兇的野豬；還有，幫助掉入陷阱的哈迪逃過一劫。

狼爸爸和狼媽媽把所有的愛都給了他們的孩子之後，終於走到了生命的盡頭，毛克利和他的狼兄弟們用一塊大石擋住了狼穴洞口，伏在他們身上痛哭了

一場。另外，毛克利最敬重的巴西拉和巴魯也已年老，他們甚至無法像以前一樣手腳俐落的捕獵了。老邁的阿凱拉毛色由灰轉白，身體虛弱得無法狩獵，由於狼群的繁衍越來越興盛，阿凱拉覺得他們需要一個新的首領，把大家團結起來，在新首領引導下遵行叢林法則，做真正的自由之民。

毛克利覺得這件事情並不需要過分擔心，因為大自然有它的安排。果然，當斐歐登上狼群首領的位置以後，昔日的狼嚎又在「大會岩」響起了。他像阿凱拉一樣給予毛克利十足的尊重，毛克利也認真的履行著自己在狼群的職責，比如，他總會參加幼狼的審查議事——因為他永遠記得，是一隻黑豹和一隻棕熊，讓一個光著身子的孩子通過審查議事，而獲准留在狼群。除了這些時刻以外，他平常就和他的狼兄弟們在叢林裡快樂的撒野。

某日黃昏，毛克利和他的狼兄弟們扛著一隻剛剛獵殺到手的雄鹿，緩步回狼穴。他們對今天的捕獵成果感到非常滿意，他決定把一半雄鹿送給阿凱拉。這時，遠處傳來一陣悲鳴聲，那是一種可怕的尖叫，夾雜著仇恨、狂歡、恐懼、絕望的情緒。自從希爾汗死後，叢林裡再也沒有聽到過這樣的「厲吼」。

毛克利的狼兄弟們停住腳步，毛髮豎立，開始嗥叫起來：「那是一場可怕的獵殺！」

尖叫聲絲毫沒有停止的跡象，反而越演越烈。毛克利深吸了一口氣，直向「大會岩」飛奔而去，一路上看見大批的狼也正湧向「大會岩」。抵達時，斐歐和阿凱拉已經端坐在那裡，其餘的狼都坐在下面，繃緊神經。狼媽媽們正帶著自己的孩子跑回洞穴裡去，因為當危險逼近時，弱小成員是不應該暴露在外的。

所有的狼都靜靜的豎耳傾聽，努力的辨識著外面的聲音，後來，聽見河對岸傳來狼的叫喊：「野狗！野狗！野狗！」。那絕對不是這支狼族的狼，因為現在他們一隻都沒有少。正當大家還在揣測的時候，一隻骨瘦如柴、右前爪受了傷、嘴裡吐著白沫的狼一頭闖了進來：「大家好！我是一隻獨居狼，住在某個偏僻的洞穴裡，獨自養活自己、老婆和孩子。可是，一群野狗，德干高原上的野狗——殺手『紅狗』，從南方跑到了北方，他們在這個月初把我的四個家人——我的妻子和三個幼狼——全殺了！我必須去向他們討還這筆血債！可是他們數目眾多，我寡不敵眾，在打鬥中吃了大虧！各位，請幫助我，我也會獵殺，我會報答你們的！」

野狗的個頭沒有狼的大，而且腦袋的靈活度，連狼的一半都沒有。但是，他們非常壯實，數量又多得驚人，一群絕不少於百隻。他們在叢林裡橫衝直撞、無所畏懼，不管碰到什麼都會撕扯咬碎，叢林裡的動物都對他們心生畏懼，就連老虎也會把一隻新鮮獵物拱手讓給野狗。

阿凱拉語重心長的看著自己的狼群說：「這將會是一場硬戰，同時也是一場很好的捕獵，也許——是我今生最後一次的捕獵！可是，你們都還年輕，還有許許多多的日子可活。我親愛的毛克利，你趕緊到北方去躲起來，等野狗大戰結束，如果還有狼存活，會再通知你回來！你不知道野狗的實力有多強大，連老虎都……」

「哦，不，阿凱拉，不，阿凱拉！」毛克利生氣的喊道：「請聽我說，在這裡，有我的狼爸爸和狼媽媽以及狼兄弟們，還有一隻老灰狼——我親愛的阿凱拉！如果野狗或任何入侵者來襲，我一定要和自由狼族們一起戰鬥！況且，我還曾與惡虎交手打了勝戰呢！」但是，這沒有改變阿凱拉的決定。

狼群齊聲附和：「交戰！交戰！迎向挑戰！」一陣陣咆哮在夜裡聽上去就好像巨樹倒地的聲音。

毛克利面對眼前的場面，激動得有點無法言語。他匆匆離開後，心中一片茫然的走向叢林，完全沒有注意到路面狀況，結果一不小心就被石蟒卡亞盤成的大圓圈絆倒，摔了個四腳朝天。原來，那時卡亞正在河邊勘察一條野鹿們常走的小徑！

卡亞遇見毛克利感到非常高興，馬上把自己的身體盤成一張舒適的安樂椅，讓毛克利舒舒服服的坐著，同時打趣道：「現在可是獵物活動頻繁的時候，你這樣莽莽撞撞的跑來，把我一整夜的捕獵計畫全打斷了，難道這也是叢林法則嗎？」

「哦！睿智、健壯的卡亞啊！我急急忙忙的跑過來，是要告訴你馬上就有一場恐怖的戰鬥要開始了！」毛克利伸手把卡亞那柔軟的身子拉了過來，直到卡亞的頭靠在他的肩膀上，他才把今夜叢林裡發生的事情，一五一十的說給卡亞知道。

「我的孩子，你是人，不是狼，你難道忘了當初是誰把你趕走的嗎？讓那些狼群去對付野狗吧！你是一個自由的人！而且那將是多麼恐怖的一場戰鬥啊！那場戰鬥之後剩下的只會是一堆白骨！」卡亞低聲勸著毛克利。

「你的話不假，可是在今晚，我已經說過我是一隻狼，叢林裡的樹和河都聽見了這句話，他們可以為我作證！只要野狗不走，我就是自由狼族的一員！我會拿著刀在河灘上迎戰野狗，狼群會跟在我後面作後盾；或許野狗會害怕得扭頭就跑了！」毛克利自信滿滿的說。

「你這是白白送死！好吧，我的孩子，如果一定要這麼做，那我們需要好好的計畫一下，現在我們到河那兒去，我幫你看看該怎麼對付野狗！」卡亞挺拔得轉過身，像箭一樣直奔瓦茵根迦河的主流，一會兒工夫就到了那條淹沒和平岩的河流上方，毛克利一直緊隨其後。

他們又稍稍逆流而上，到了和平岩上面一、兩公里的地方。這個峽谷窄窄的，夾在一處大理石中，兩邊是二十四至三十公尺的峭壁，激流在嶙峋怪石中奔騰。峽谷這裡裂縫很多，岩石都已飽經風霜。自從有叢林以來，岩石的裂縫中一直居住著一群忙忙碌碌、吵鬧不休的印度野蜂，他們在裂縫中一層層的築巢而居，白色的大理石上都沾滿了蜂蜜。漆黑的洞穴堆滿又高又深又黑的蜂巢，不論是人類或野獸都不敢輕易冒犯此禁地！

卡亞一直往上游前進，直到峽谷頂端的沙丘後，才開口說道：「這是這一季的戰果，你看！」

河岸一旁散置著幾隻幼鹿和一隻水牛骨骸。毛克利看得出來，那些屍體從沒被野狼或胡狼碰過。

「他們不小心越過界線，才會遭此下場，」毛克利喃喃的說：「印度野蜂殺了他們。在野蜂還沒有醒來之前，我們快離開這裡吧！」

「天沒亮，牠們不會醒來的。」卡亞說：「我現在告訴你一個故事。很久很久以前，一隻不熟悉叢林的羚羊，被群獸追殺，從南方直逃到這裡。由於群獸緊追在後，羚羊在驚恐之下只好閉著眼睛往下跳。此時太陽把群蜂曬得燥熱不堪；雖然以前許多動物往河裡跳的結果，總是在落水前慘遭群蜂螫死，更別說那些留在岩石上的野獸了。沒想到，這隻羚羊竟逃過一劫。」

「怎麼說？」

「因為他在蜂群尚未清醒之前，為了逃離群獸的追殺，就奮力往下一跳。這時窮追不捨的群獸剛好遇上被羚羊腳步聲吵醒的群蜂。聰明的毛克利，現在你該知道用什麼計策了吧！」

毛克利不得不讚歎卡亞提供的絕妙計畫。現在，他需要為戰鬥做一些準備。過去，他常在巴魯的協助下偷採樹上的蜂蜜，所以他知道這些小民非常討厭野蒜的氣味。於是，他採集了一小捆野蒜，並用一條樹皮纖維綁起來。做好這一切之後，他循著獨居狼的血跡往南走，一邊走一邊想著即將開始的戰鬥，不禁笑了。

他最後一直走到離蜂岩大約兩公里處，這裡的樹木稀疏，在矮樹的中間有一片開闊地區，那裡完全沒辦法隱匿任何一隻小型的野獸。毛克利爬上一棵樹，又跳到另一棵樹上，他把這個地方仔仔細細的研究個透澈。

近中午時分，陽光暖和燦爛，這時，毛克利聽見野狗群的腳步聲，也聞見他們那令人作嘔的氣味。他衝著他們大聲叫嚷，而那群野狗循著聲音望過去，

一下子就發現了他。毛克利大聲喊道：「誰說你們可以過來的？你們這幫壞蛋！」

毛克利用叢林裡最輕蔑、最惡毒的話語辱罵著野狗，還把一隻光腳丫伸下去，在野狗群們頭上扭動著腳趾頭挑釁。野狗群們氣得近乎發狂，他們圍著毛克利又叫又跳，卻又搆不著他。毛克利一直做好隨時行動的準備，當危急的時刻真正來臨，他騰身一躍，從離地面有二、三公尺高的地方一手就抓住一隻大野狗。他一寸一寸的把那隻野狗往上拉，最後把牠掛在樹枝上，接著拔刀割掉那條紅色大尾巴，然後再把他狠狠的扔回地上。

這時候，野狗們再也顧不得追蹤獨居狼，一心只想殺死毛克利！而這正是毛克利想要的，因為只要能拖延到天黑，他們的戰鬥力就會大大下降——野狗最不擅長在暮色中作戰。瞄了樹下不停吠叫的野狗們一眼，毛克利手腳俐落的爬上一根更高的樹枝，把背往上面一靠，舒舒服服的睡著了。

三、四個小時過去，太陽開始下沉，毛克利睡飽了醒來。他數了數野狗的數量，他們果然全部都還在，不過已經疲憊得東倒西歪、默不作聲了。這個結果讓毛克利非常滿意。

「嘿！我可不需要你們這麼忠誠的衛兵，不過我會記住你們的好處！你們願意，或者說敢跟我來嗎？」說完，毛克利使出看家本領，從一棵樹跳向另一棵樹，還故意裝出隨時就要掉下來的樣子。那群野狗們果然受到引誘，以為馬上就能抓住他，爭先恐後的追逐著。毛克利跳到最後一棵樹上的時候，停了下來，然後把野蒜拿出來，把自己渾身上下仔細的塗抹了一遍。

「哈哈，小娃兒，你害怕了吧！你想把自己的氣味遮掩住嗎？」野狗們看到這種情況，覺得自己勝利在握，高興的大聲呼喊。

當野狗們還在大喊大叫時，毛克利已經趁機從樹幹上溜了下來，光著腳丫像陣風一樣，朝著蜂岩跑去，野狗尚未意會到他要做些什麼，只是本能的一窩蜂跟了過去，他們自信的認為那孩子絕對逃不出他們的手掌心。野狗隊伍頓時亂哄哄，一個個殺氣騰騰，拚盡全力往前衝。

此時的印度蜂早已休眠，因為現在不是開花的季節。可是，毛克利和野狗群的腳步聲，在山谷裡迴盪，瞬間把他們全都給吵醒了。蜂窩洞口爆發了大海咆哮似的聲音，一大片黑雲黑壓壓的湧過來。

毛克利身上的野蒜味道形成了一道天然的防護罩，當他跳進河裡，再度浮上水面時，石蟒卡亞立刻用身體蜷縮成一團將他緊緊圈著。他們期望看到的景象，正在懸崖邊爆發，一大片、一大片密集的蜂群如同一塊塊鉛錐掉了下來，可是哪一塊都沒有碰到水面又迅速飛了上去，這時只見一隻隻野狗的身體落水掙扎，打著轉，被沖往下游。在毛克利頭頂上，蜂民們翅膀的轟鳴聲不絕於耳。

卡亞的鱗片是任何蜂刺都無法穿透的，他緊緊圈抱著毛克利，形成了毛克利身上最好的護身鎧甲。

在這樣的情況下，毛克利的刀終於有可用之處了。他聽到那頭沒了尾巴的野狗在拚命的大聲呼喊，叫大家堅持下去，可是毛克利知道不管野狗怎樣呼喊、鼓舞，一切都只是白費力氣罷了。因為他已經聽到下游狼群們的喊殺聲，狼群的鬥志在夜色中越來越高昂，而野狗們卻已大大的喪失了鬥志，有的哀嚎著說還是上岸為妙，有的則呼朋引伴說要返回德干高原去，但仍有幾隻仍怒吼要毛克利出來送死。

最後，等蜂民和卡亞都離去，只剩下情緒亢奮的狼群和落魄潦倒的野狗群，野狗們終於明白，這片沙丘將是他們的葬身之地。

「快跑！」野狗的首領一聲吶喊，所有的野狗立即往一旁逃竄，成群成堆互相推擠，甚至踩踏著同伴的尾巴和身體，落荒而逃。可是毛克利和狼群並不打算放過他們，因此雙方展開了一場持久大戰。

在潮濕的棕色沙丘上、糾結的樹根上面和樹根中間、灌木叢中、草叢內外，同時進行著一場廝殺對抗。狼群在岸上搏鬥；毛克利在水裡或岸邊，不停的奮戰，彷彿沒有盡頭。一群鬥志昂揚的狼群，對抗一群已然是烏合之眾的野狗。野狗們開始膽怯，不敢攻擊比他們強壯的狼，但又不願輕易認輸跑掉；就這樣，雙方的戰鬥仍舊如火如荼的持續著！

戰鬥的延續，促使傷亡跟著攀升。灰狼也因此受重傷，鮮血直流，他一邊維持戰鬥一邊氣喘吁吁的對毛克利說：「我已經皮開肉綻了！」

「可是你的骨頭沒有斷，那就應該繼續戰鬥！我的兄弟，上啊！」毛克利鼓勵著，他那把血紅的刀刃如火焰一般，沿著一隻野狗的肚子劃下，而那隻野狗的後腿正被一隻死纏不放的狼壓在身子底下，於是毛克利將已瀕臨死亡的野狗隨手扔給了那隻狼。

獨居狼殊死搏鬥著，他顧不得自己是否受了重傷，一心只想為自己的妻兒報仇雪恨。直到最後，他耗盡了全身最後一絲力氣，血也流乾了。但是在他快要斷氣的一刻，牙齒仍緊緊咬著一隻野狗的脊背骨不放。那隻野狗的身子抽搐了一下，倒地不動了，獨居狼才彷彿完成最後任務一般，漸漸的軟下身子，倒臥在那隻野狗的身上。

戰鬥終結。剩下的野狗們四處逃竄，紛紛逃離了那片黑暗、血染的沙場。

「不！不能放他們走！他們殺了阿凱拉！」狼群中有狼高喊。毛克利從堆疊的屍體下方拖出來了奄奄一息的阿凱拉。

「我不是已經說過這是我最後一場的戰鬥嗎？」阿凱拉上氣不接下氣的望著毛克利說：「這場戰鬥真是精采啊！你還好吧？

我的孩子？」

「我活著，我活得好好的，而且我還殺了很多很多野狗！」

「不錯！現在的我快要死了，我將要死在你的身邊，我的孩子！我的命是你救的，今天你又救了整個狼群，就像當初我救過你的命一樣，這一切你都不曾遺忘！如今，所有的債都還清了，你應該回到你的同胞那裡去了，我的孩子！回去吧！」

「不，我不回去，我永遠都不會離開叢林！我說過，我要獨自在叢林中狩獵！」毛克利把阿凱拉那傷痕累累、慘不忍睹的頭放在他的兩個膝蓋上，兩條胳膊緊緊摟住那已被撕裂得幾近見骨的脖子。

「我的孩子，還是回去吧！夏季過去以後就是雨季，雨季過去後就是春季。到時候你會被攆走的！那個攆走你的人不是別人，正是你自己！」

「那就等毛克利攆走毛克利的時候我再走！」毛克利任性的回答道。

毛克利輕輕的把阿凱拉扶起來，阿凱拉深深吸了一口氣，他領著狼群唱起狼首領臨終前唱的「死亡之歌」，他越唱越起勁，一直唱到最後一句。然後他突然擺脫了毛克利的擁抱，向空中一跳，落在他最終也最壯烈的戰場上，寧靜的死去了。

毛克利靜靜的守著阿凱拉瘦弱的屍體，周圍殘存的幾隻野狗正被那些不肯罷休的母狼們撕咬著。最後，這些曾經誇下海口說要占據叢林的野狗們，終究沒有一隻回到德干高原。

第八章　春奔

野狗大戰後的第二年，毛克利已經十七歲了，他看起來比他實際年齡還要成熟，只因他經歷了艱苦的磨練，又有天然的食物和泉水滋養。所以孔武有力的他，可以單手抓住樹枝盪上半小時，絲毫不覺得疲憊；他還可以輕鬆捕獵到一隻曠野上的小雄鹿，一個人單槍匹馬便能使其束手就擒。

叢林居民們本來就害怕他的機智聰明，現在卻又開始害怕他的力大無窮，所以每當他快步行經時，颯颯的聲音總會橫掃過樹林。然而毛克利的眼神總是溫柔和藹，即便在戰鬥中，也從不像黑豹巴西拉的眼睛那樣銳利兇猛。毛克利的眼神總是透露着一抹炯炯靈光，而且越戰越亢奮；而這正是巴西拉無法理解的地方。

巴西拉問過毛克利這個問題，毛克利回答：「如果我捕獵撲了個空，那我就會生氣；如果我三天吃不上東西，就會非常生氣。可是這些事情在我身上不

可能發生！」

巴西拉似乎有些明白了。他們倆躺臥在瓦茵根迦河流淌的山腰上，遙望著彎甘達遠處風景的變化，晨霧繚繞於下方，像一條白色的帶子；當朝陽升起的時候，又變化成了一片片紅色和金色交疊的雲海。寒冷的天氣馬上就要結束了，草木看上去雖然都枯萎著，可是春風一吹，我們就可以聽見非常輕微的「啪啦啪啦」聲，那是草木在生長的聲音。

巴西拉傾耳聆聽那彷彿訴說著：「新的一年開始，叢林又復活了！『新語時節』快到了，這裡的每一片樹葉、每一根草都知道！」的聲音。他朝天仰躺，爪子在空中亂抓，黑色的肚子上全是參差不齊的冬毛。

「嘿！我說你能不能不要這個樣子，這看起來實在很像隻貓！」毛克利說。

「好啦！我聽見了，小娃兒！誰能像你這樣有勁又聰明呢？不過我也知道，你再也不會就這樣躺著，看來你要飛了！」

「新語時節快來了，每到那時候大夥兒都會跑開，把我一個人丟下，剩下我獨自一個人！上回我為人類採集甘蔗，請你們來幫忙，你們都不肯到我這兒來。我明明看見你們在那裡跳舞、吼叫和奔跑。我可是叢林之王耶！哼！算了，我累了，我要休息一會兒！」毛克利說著便沉沉的入睡了！

在印度的叢林裡，一個季節悄悄的接替另一個季節，似乎沒有什麼變動。在外人看來，似乎只有兩個季節——濕季和乾季。但是，每一個熟悉叢林的生物都知道，這其實是一個四季分明的地方，而春季是最神奇的季節，因為它不但用新生的葉子和鮮花，把乾淨光禿的田野覆蓋，還把寒冬的氣息一掃而空，世界上沒有任何一個地方的春天可以和叢林的春天相媲美。在隆隆的春雷中，春雨絲絲的下著，所有喜歡雨水的植物都隨著這喧鬧聲紛紛甦醒了，而那聲音是每一個叢林居民都能聽見的。

毛克利喜歡季節的變化，他總是能看見第一片春雲。他的聲音會傳遍鮮花綻放的地方。就像他所有的夥伴一樣，春天就是他選擇用來東奔西跑的季節。不過，他所有的奔跑都僅僅是為了取樂。他頭戴奇異的花環，從夜幕初降到繁星升空，一直在溫暖的叢林裡奔跑，一口氣能跑上三十、四十，甚至五十哩。不過他的四兄弟不參與他這種奔跑，他們更喜歡和其他狼一起去唱歌。春天，會讓他們聽到叢林中各種動物的歌聲，所以這個季節又被稱為「**新語時節**」，代表了春天的來臨，同時也是動物們發春的時期。

這個春天，毛克利總有一種悶悶不樂的感覺。他把全身上下仔細的檢查了一遍，看看是不是哪兒扎了刺，可是什麼也沒發現。他聽到鳥兒的說話聲，也想和他們聊聊，可是抬起

頭來卻沒有看見小鳥，只看見幾隻猴兒在林子裡穿梭。毛克利實在是不知道怎麼回事！他已經吃了很好吃的食物，喝了很好喝的水，卻仍舊會無緣無故的對巴西拉和其他的叢林居民口出惡言，身子又時而感到發熱，時而感到發冷，時而又不冷不熱的。

「對了，我應該往北方大澤來一次春奔，再折返回來！我可以進行一次長時間的捕獵，我的四個兄弟也應該和我一起去，經過一個冬天，他們都胖得快走不動了！」

於是他用盡全力的呼叫他的四個兄弟，可是他們跑得太遠，而且正投入於歌唱中，根本沒有聽見，其他叢林居民也沒人搭理他，這讓毛克利覺得非常的生氣！他故意擺出一副目中無人的姿態走著，心裡憤憤的想著：如果野狗來了，或者『紅花』來了，他們還能這麼對他嗎？

兩隻年輕的狼沿著小路慢慢跑來，正在尋找一塊寬敞的空地進行決鬥，很快找到後，便擺開架勢，準備進行決鬥。毛克利跳上前去，一手抓著一隻狼把他們倆分開。這可不是他平日的作風，以前他可從來不會去干涉春鬥。兩隻狼也不領他的情，甩開他之後，馬上開始扭打在一起。

按照叢林法則，兩隻狼有充分的權利進行決鬥。毛克利慢慢放下舉起的手，放棄分開他們的打算。他覺得自己似乎誤吃了毒藥，才會失去自己的力量，對叢林失去控制能力。雙狼格鬥直到其中一隻跑掉為止，最後只剩下毛克利陪著那隻打了敗仗、血跡斑斑的狼。

春奔的那個日子，毛可利一大清早就去捕獵了。叢林裡很安靜，他獨自一個人進食，但是他不能吃太多，因為吃得太飽不利於他的春奔。等一切就緒，那悶悶不樂的感覺頓時消失，他唱著歌邁開大步出發了。他選擇穿過叢林中心的那條漫長陡坡的大路，一路上箭步如飛，奔向北方大澤！當他厭煩了在陸地上走路時，便索性將雙臂往蔓藤上一攀，學猴子那樣，施展空中飛躍的特技。

一路上他經過了寂靜炎熱的山谷、幽暗的大道、潮濕的矮樹林，以及碎石覆蓋的山頂。在行進的路途中，他不時能聽到叢林居民們的聲音。他就這樣一路飛奔，有時仰天呼喊，有時引吭高歌。直到後來，空氣中那潮濕的氣味告訴他：他離北方大澤不遠了。

這是一大片沼澤地，如果是一般人家教養長大的人，沒有邁出三步就會陷下去，慘遭滅頂。可是，毛克利是叢林的孩子，他的腳上似乎長著眼睛，他從一個草叢跳到了另一個草叢，從一簇矮樹竄到了另一簇矮樹，不需要眼睛仔細的分辨。大澤的居民也隨著春天的到來而甦醒，但是誰都沒有注意到毛克利；毛克利覺得自己已經擺脫那種無力的感覺，這讓他非常高興，他想高聲歌唱！

但是過了不久，身體的汗乾了，頭頂飛翔的小鳥也紛紛飛回水面，周圍顯得一片寂靜，那種感覺又回來了，這讓他非常害怕。「我肯定是中毒了！」他的聲音充滿恐懼，「一定是我不小心吃了什麼毒物，我身上的力氣快消耗殆盡了，難道我將要死在這大澤裡了嗎？」

毛克利對自己說：「不，我要回到自己的叢林，死在會議岩上！」但一連串熱淚仍不停的滴在膝上。

沼澤的盡頭是一片寬闊的平原，那裡有一盞燈火在閃爍。他看見了『紅花』！那是他在人類村莊見過的『紅花』！

「既然我已經看見它了，那我就等於完成這次春奔了。」他想。

毛克利在很久以前就不跟人群往來了，可是今天晚上，這閃爍的『紅花』卻是如此耀眼，吸引著他向那裡走去。

「我必須要去看看，我要看看人群的變化有多大！」毛克利對自己說。

毛克利迅速跑到了小屋附近，三、四隻狗衝著他狂吠，但毛克利很容易就喝止了牠們。他悄悄的在那裡坐下，想起好多年前人們拿石頭砸他，把他趕出村莊的情景。突然，小屋的門打開了，一個女人走出來左右張望了一會兒，然後衝著屋子裡喊道：「沒什麼事情，趕緊睡覺吧！天很快就要亮了！」

毛克利一躍而起，全身就好像得了熱病似的打著哆嗦。那聲音聽上去竟是如此的熟悉，他不禁輕輕的喊出聲，他很詫異自己竟然還能如此熟練的使用人類的語言：「美絲瓦！美絲瓦！」

「誰？是誰在叫？」女人的聲音有點顫抖，她似乎想到了什麼人。

「美絲瓦，你是不是把我忘記了？」毛克利的嗓子突然有些乾啞，說話有點顫抖。

「是你嗎？我的孩子，我給你取過什麼名字？」她半掩著門，一隻手緊緊按著自己的胸脯，就怕自己的心跳出來。

「納圖！納圖！」毛克利清晰的記得這個名字，那時候她就是一邊摟著他、撫摸他，一邊溫柔的叫著這個名字。

「哦！我的孩子，我的孩子回來了！」她帶著哭泣的聲音驚呼。

毛克利走到燈火下，仔細打量著眼前的女人。是她，就是她曾經給了他母親的愛。是很久以前，他從人群裡救出的那個女人。她老了，頭髮白了，身子彎了，但是她的眼睛和聲音沒有改變。

她也緊緊盯著他看，希望能認出記憶中那個毛克利。在『紅花』的照耀下，毛克利顯得強壯、高大且英俊，一頭烏黑的長髮披散在肩頭，頭上戴著一頂白色茉莉花的花冠，這副模樣容易讓人將他誤認為是叢林守護神，她感到震驚，「這……這……這是我的兒子？不！他不再是我的兒子，他應該是村子裡的守護神呀！」

躺在小床上的孩子猛然驚醒，開始尖聲哭鬧。美絲瓦趕緊去抱他、哄他。毛克利依然一動也不動的站在那裡，環視著屋子裡的一切——水缸、飯鍋、糧箱，以及人們所使用的各種物品，這一切都是那麼的熟悉。

「我該叫你什麼呢？納圖還是守護神？我的孩子，你想吃點什麼或喝點什麼？我們的命是你救的，我們這裡的一切都是你的！」

「我是納圖。這裡距離我生活的叢林已經很遠很遠，因為看見燈火，所以我就到這裡來了！我不知道原來住在這裡的人是你們！」毛克利說。

美絲瓦還是有點膽怯的說：「我們到了卡尼瓦拉以後，英國人本來要整頓一下那些可惡的村民，可是按照英國的法律程序完成報備，準備去懲治他們的時候，卻再也找不到村子的蹤影！後來我們就在這裡闢了一塊地，雖然不如原來的富有，可是我們的開銷不是特別大，所以日子還過得去。」

「他上哪裡去了？我的爸爸。」

「他過逝了，已經一年了。」

「那他呢？」毛克利端詳著孩子說。

「他是我的兒子，兩個雨季前出生的！假如你就是被老虎叼走的納圖，那他就是你的弟弟，請把你作為大哥或是守護神的祝福賜給他吧！」美絲瓦帶著祈求的口吻說。

毛克利輕柔的把孩子抱了起來，孩子這時候也忘記了害怕，伸出胖嘟嘟的小手玩弄毛克利胸前的刀，毛克利小心的把孩子的手撥開。美絲瓦激動的在屋子裡轉來轉去，不知道應該做什麼，後來她聽毛克利說心裡沉甸甸的，便趕緊熱了牛奶，「恐怕是熱病滲入你的骨髓了，我把火生起來，你喝一點熱牛奶！」

毛克利嘴裡咕噥著坐下來，他用手捂著臉，感到頭暈噁心，非常的難受。他大口大口的喝著牛奶，美絲瓦拍著他的肩膀，實在不知道這究竟是守護神還是她的兒子。

「我的孩子，有沒有人告訴過你，你是多麼的英俊啊！」美絲瓦充滿愛憐的看著孩子，她感受到身為一位母親的驕傲。

毛克利從來沒有聽到過這樣的誇獎，他扭過頭去，設法從自己堅實的肩膀上回頭看自己的身形。美絲瓦笑了，毛克利不知道她為什麼笑，也跟著笑了起來，兩個人就這樣笑了很久。那孩子也跟著笑了，從美絲瓦這裡跑到毛克利那裡，又從毛克利這裡跑到美絲瓦那裡。

美絲瓦一把抓住小兒子的手，說：「你可不能笑你的哥哥，要是你有如他一般的帥氣，我就讓你和國王的小女兒結婚，你就可以騎大象了。」

毛克利聽不懂他們這段對話的含義。經過長途的奔跑，又喝了熱呼呼的牛奶，他很快就因為疲憊而蜷起身子，昏昏沉沉的睡著了。美絲瓦輕輕的把一條被單蓋在毛克利的身上，她覺得他的孩子正需要她這樣的照料。毛克利一直睡到了天亮，又從天亮睡到了天黑，他從來沒有像這樣安穩的睡過，本能告訴他：

這裡非常的安全。

最後，他猛地從睡夢中驚醒，跳起來的那一下把整個小屋都震動了。原來，是蓋在他臉上的被單讓他夢見了陷阱。

美絲瓦笑著把早已準備好的晚飯擺到他面前，很簡單的動作卻讓毛克利感到無比的親切：幾塊在冒煙的火上烤的粗餅、一點大米、一撮酸果子醬，這些可以讓他填飽肚子，好進行晚獵。他的弟弟緊緊的依偎著他，但他還不知道怎麼面對這麼一個小東西。美絲瓦堅持要把他披散著的黑色長頭

髮梳理整齊，她一邊梳一邊唱著兒歌，那應該是在很多年以前唱給可愛的小納圖聽的歌。

這時，毛克利聽見了一個他非常熟悉的聲音，接著就看見一隻大灰爪子從門底下伸了進來，美絲瓦和小男孩嚇得縮成一團。

「在外面等我，我沒叫你，你就不能進來！」毛克利用叢林之語說完，那大灰爪子馬上就縮了回去，「媽媽，別害怕！當年就是我的這些夥伴送你們到卡尼瓦拉去的。現在他們來找我了，媽媽，我該走了！」

美絲瓦愈發堅信她的兒子是守護神了。可是就在毛克利走出門口的那一剎那，她還是忍不住摟住了他的脖子：「不管你是我的兒子還是守護神，一定要回來！因為我愛你！不管是晚上還是白天，我的大門永遠都會為你敞開！」

毛克利的喉嚨裡彷彿有一根繩子在拉著，他的聲音像是從嗓子裡硬扯出來似的：「我肯定會回來的！」

門檻上候著的灰狼看見毛克利出來，馬上興奮的又跑又跳，毛克利擰著鼻子說：「我要對你們提出抗議！上次我叫你們一起春奔的時候，你們根本就不理我！」

「哦，我的兄弟，真是不好意思，那時我們正在叢林裡唱歌呢！歌一唱完，我們就從別的獸民那裡跑開，循著你的足跡追了上來。可是卻發現你跟人群在一起吃飯睡覺！」

「哼，如果我叫你們，你們就跟過來，那就不會發生這種事情了！我自己一個人不堪寂寞，看到『紅花』，馬上想起以前的事，因為一時忍不住寂寞，就跑進去了。」

他們邊談邊走，步伐邁向叢林那裏去。

「如果我要永遠住在那小屋子裡，你有何意見？」毛可利想了一會兒，終於這樣說。

灰狼不勝意外的抬起頭來，看了看毛克利說：「什麼？你要跟人住在一起？」但不一會兒，嘆了一口氣，又說：「巴西拉說的沒錯啊！不只巴西拉，我們的母親也曾經說過：『人總有一天要回到人那裡去。』就是阿凱拉在臨死前，也說過同樣的話啊！」

「那麼，你認為我該怎麼做？」毛克利困惑的說。

灰狼一副不解的抬起後腳來抓抓脖子，說：「人們把你趕出村莊，用石頭打你，要那老獵人殺你，準備把你放在紅花裡燒。你說他們太殘酷了，所以動員叢林居民摧毀他們的村莊。當時你說你討厭人，絕不跟人和好，還說你是自由之狼。你是人，也是狼，又是叢林之王，是我們母親的養子，是我們的兄弟，你忍心離開我們，你捨得叢林生活，到人那裏去嗎？」

毛克利儘管討厭人類，但對於美絲瓦和那純真的孩子卻念念不忘，他站在兩個世界的交界處，不知何去何從。

他們一邊跑一邊交談著，最後灰狼的兄弟們決定把叢林居民召集起來。

「叢林之王回人群去了！到『大會岩』上去！」這消息要是在別的季節，肯定會把大夥兒聚集在一起。不過，現在他們都忙著捕獵、格鬥、殺戮和唱歌，所以大家只是回答：「夏天天一熱他就回來了！雨季就會把他趕回狼穴，跟我們一起唱歌奔跑的！」

「可是我們的叢林之王要回到人群去了啊！」灰狼不停的重複說著。

「哦，這有什麼關係呢？新語時節的好心情不應該被這事情破壞！」他們一個個都這麼回答。

所以，當毛克利心情沉重的穿過那些熟悉的岩石，來到他曾經被帶進狼群的地方時，只有看到他的四個狼兄弟、年老的巴魯，以及卡亞。

「我的叢林之路難道就要在這裡終結了嗎？我好像中毒了一樣，失去了力量！」毛克利撲倒在那裡痛哭。

卡亞轉了轉他的大蛇圈，說：「親愛的孩子，我在冷酷穴裡第一次看見你的時候就知道，即使獸民沒把你趕出叢林，你終究是要回到人群去的。」

毛克利結結巴巴的說：「獸民沒有要把我趕出叢林？」

「只要我們活著，誰也不會趕你走！」毛克利的四個兄弟怒吼道。

「我的孩子，雖然我老了，甚至看不清楚腳底下的石頭，可是我的心還是明白的。你走你自己的路吧！你必須回到和你流著相同血液的族群去。不過，將來若你需要叢林為你做些什麼，只要一聲召喚，你依然是叢林之王！」巴魯愛憐的說。

毛克利覺得自己的心被切成了一片片，他抽泣著說：「我不知道是怎麼啦！我不願意走，可是有種我看不見的力量，卻在拖著我走！」

巴魯說：「聽著，我的孩子，當你還是個小娃兒的時候，我看見你坐在那裡玩著白色卵石，巴西拉用一頭剛殺的肥公牛為代價留下了你，這一切你都知道。可是參加那次審查會議的獸民，只剩下我們倆和巴西拉。阿凱拉死了，你的狼爸爸和狼媽媽也死了，要不是你的智慧，整個狼群早就滅亡了。現在已經不是小娃兒在請求狼群批准，而是叢林之王要選擇自己的道路了。」

巴西拉突然吼了一聲，和往常一樣敏捷、健壯、兇狠的站到了毛克利面前：「我的孩子，你所有的債都已經還清了，你應該選擇自己的路！記住，巴西拉永遠愛你！記住，巴西拉永遠愛你！」說完他縱身一躍跑走了，直到山腳下他還在吶喊：「記住，巴西拉永遠愛你！」

毛克利依偎在巴魯的肚子上，摟著他的脖子不住的抽泣著，巴魯則虛弱無力的撫摸著毛克利的腳。

「今天我們在哪裡安窩呢？從現在開始，我們都要自己走新的路了！」灰狼和他的兄弟們喃喃說道。

第九章　毛克利的工作

在印度政府統治下運作的公共事業機構中，沒有比森林部門更重要的，國家只要有經費就會大量投入到護林的綠化工作上。這部門主要工作，就是想盡各種辦法跟那些游移不定的流沙和不斷轉移的沙丘爭鬥，按照國家森林學院的研究成果，在四面修造籬笆圍堵，建設堤壩阻攔，種植粗壯的硬草和細長的松樹固定。除了這些工作，他們還得負責那些在雨季沖刷成乾溝和幽谷的光禿山坡，以及管理喜馬拉雅山國營林區的所有木材。

在這裡，每一個林務官都能老練的完成他的工作，比如，呼籲大家重視對樹林的保護、實驗新種子和新樹苗，保持森林保護區的帶狀防火線沒有雜物。他們也修剪樹枝，利用各種林業資源。

吉本斯在林務官這個位置上已經做了四年，剛開始他並不理解這個工作的意義，但是當他騎在馬匹上巡視森林的時候，就能感受到了一種從所未有的權

威感，所以他非常熱愛這個工作。可是時間長了，也會感到厭倦，讓他甚至願意用一年的工資去享受一個月的城市生活。但是等他這種厭煩情緒一過，森林又把他招領了回來，他也心甘情願的為它效力。

他住在一間平房裡，這是間白牆搭茅草頂的村舍。房子位於保護林的一角，踞高臨下俯瞰著整座森林。他不需要一個花園，因為只要一出家門就進入了叢林，那是一個多麼美麗的天然花園啊！是任何人造的園林都無法比擬的。

吉本斯有一個信奉伊斯蘭教的管家阿譜，他除了伺候主人吃飯，就是和一群本地僕人閒聊，他們住在平屋後面的幾間小屋裡，其中兩個是餵馬的，一個是做飯的，一個是挑水的，一個是打掃清潔的。守林員和林警住在離這裡很遠的幾間屋裡，只有在有人被倒下的樹砸傷或野獸咬傷的時候，才會露面。因此，這裡事實上只有吉本斯一個人在管理。

春天，森林裡還是乾季，只有在寂靜的夜裡才會聽到叢林獸民的吼叫聲。這個季節，吉本斯很少使用他的獵槍，因為在他看來，在這個時候殺生是一件罪孽的事情。夏天，吉本斯的工作是巡視森林，四處看看有沒有暴露森林火災的危險信號。沒多久，雨季就會咆哮而來，整個林子籠罩在一片又一片的熱霧之中。

吉本斯在這樣年復一年中認識了這座森林，他覺得很快樂。他的薪資會按月送來，但是生活在叢林裡的人很少需要花錢。他所有的錢，都放在那個收放家信的抽屜裡。如果他需要從裡面拿一點錢出來，為的不是去加爾各答植物園買點什麼，就是給某個守林員的遺孀一

筆錢，因為印度政府並不會在她丈夫因公殉職時，撥給她這筆慰問金。

有一天晚上，一個送信的人上氣不接下氣的跑來告訴他，有一位林警死在康耶河邊，他的頭被砸得稀巴爛了。黎明時分，吉本斯來到現場，有一個女人正伏在屍體上號啕大哭，兩、三名男子正在查看地上的腳印。

「是那隻老虎幹的！而且我們都必須小心，一旦他殺紅了眼，會接二連三攻擊人們的！」其中一個人說。

這時，他們看見一個人沿著乾涸的河床走了過來，除了一塊纏腰布，那人渾身上下赤裸裸，頭上卻帶著一頂用美麗鮮花編成的花冠。他走在河床的小卵石上，完全沒有發出一點聲音，連聽慣獵人輕柔腳步聲的吉本斯也大吃一驚。

跟他們還有一段距離，那人就開口說話了：「那隻咬死人的老虎已經喝過水，正在小山那邊的一塊岩石下睡覺。我可以為你們指路！」他的聲音清脆的像銀鈴一般，微微仰起的臉在初晨的陽光照耀下，就像一位在林間迷路的天使。

「你能肯定嗎？」吉本斯開口說道。

「當然肯定！」他笑了。

那幾個在查看腳印的男人悄悄的溜走了，他們生怕被叫著一起去找老虎。那年輕人覺得非常鄙視，輕蔑的笑了。然後，他飛快的走在前頭，讓吉本斯有點跟不上。

「年輕人，別走這麼快，我跟不上！你是從哪裡來的？叫什麼？」吉本斯好奇的問。

「我是最近才來到這片林子的，我沒有住在村子裡，我是從那邊來的。」他用手指向北方，「我叫毛克利，先生！」

「你是吉卜賽人嗎？我是這片保護林的總管，我叫吉本斯。我的工作是給這裡的樹和草編號，免得被你這樣的吉卜賽人燒掉了！」

「哦，我不是吉卜賽人，我是個沒有姓的人，甚至連父親也沒有。我更不會傷害叢林裡的一草一木，因為這裡就是我的家！」他臉上帶著一種極其誘人的微笑，「先生，我們現在必須安靜的走。我們沒有必要把那傢伙驚醒，雖說他已經睡得很死。也許，還是我一個人先過去，把那大傢伙趕到先生這裡來比較好！」

吉本斯完全被他的話搞糊塗了，難道老虎能像牛一樣被趕來趕去？這人也太膽大妄為了。

「哦，如果你覺得不行，那就跟我一起走，按你的辦法用那支英國大來福槍打死牠吧！」毛克利輕鬆的說。

吉本斯跟著毛克利，時而拐彎，時而匍匐前進，時而攀登，時而彎腰，當他們來到一處小山泉附近的時候，吉本斯的臉色驟變。老虎就躺在水邊，全身舒展著，一副悠閒自得的樣子，正懶洋洋的舔著自己的爪子。對於這個吃人的傢伙，吉本斯覺得不需要心軟。他稍稍緩過氣後，就把槍架在岩石上。由於那老虎的頭離槍口還不到七公尺遠，所以子彈一擊出就打中了牠的後肩，再一顆則打中了牠眼睛下方。

老虎那身粗壯骨骼也沒能抵擋住衝擊力強大的子彈，身體轟然一聲就倒下了。吉本斯仔細看了看死去的老虎，說：「這是一隻牙齒已經變黃的老東西，這張皮也不值得保存。你需要虎鬚嗎？」他知道守林員多麼看重這些東西。

「我？我是那種拿老虎皮擺飾的可惡獵人嗎？讓牠躺著吧，牠的朋友會來收拾牠的。」正說著，就有一隻老鷹在他頭頂上尖聲呼嘯一聲，俯衝了下來。

「倒是你，你不是獵人，那你是從哪裡學到這些知識的？沒有一個獵人可以像你這麼優秀！」吉本斯對這個年輕人充滿了好奇。

「先生，你現在要回家去嗎？我可不可以幫你背著你的槍送你回家？我還從來沒有到白人的家裡看過！」毛克利請求道。

吉本斯帶著毛克利回到了他的家，毛克利對屋子裡的東西表現出一種強烈的好奇心。他認真的觀望房子的構造和擺設，又滿腹疑問的碰了碰竹簾，竹簾「嘩——」的一聲掉了下來，他嚇得跳了出去，「是陷阱！」他驚慌失措的說。

吉本斯哈哈大笑：「白人是不設陷阱的，你實在是個道地的叢林人耶！」

毛克利看著阿譜安排午飯，自言自語的說：「你們總是把吃飯和睡覺搞得這麼費事，我在叢林裡可省事多了！你們擁有這麼多稀罕的東西，難道不怕賊來偷嗎？」

阿譜顯然不喜歡他，帶著怒氣不以為然的說：「只有叢林裡來的賊，才會搶這裡的東西！」

毛克利盯著這個白鬍子老頭看了一會說：「你要是在叢林裡，我會像割斷一隻山羊的脖子一樣割斷你的脖子。不過，你先別怕，我馬上就走！」說完他就迅速消失在叢林裡了。

吉本斯看著他的背影大笑起來，但隨後又變成了一聲歎息。身為一個林務官，在森林裡待久了，也就沒有什麼東西可以使他感興趣了，但今天碰到的這個人倒是可以給他提供一種消遣，這實在是個神奇有趣的傢伙，他瞭解老虎就像別人瞭解狗一樣。如果我能讓他來幫我扛槍，一起去打獵，那倒是非常有意思。這可是個十全十美的獵人啊！

那天夜裡，吉本斯一個人坐在外廊上抽煙，他不知道去哪裡找得到毛克利。

當煙圈消散以後，他才發現毛克利雙臂交叉著坐在外廊上，神出鬼沒，吉本斯被驚嚇得連煙斗都掉到了地上！

「叢林裡沒有人和我說話，所以我到這裡來了！」毛克利撿起煙斗送還給吉本斯。

「林子裡有什麼消息？你又發現老虎了？」

「**大羚羊按照叢林法則，新月一到就換牧地吃草。**野豬現在都在康耶河附近覓食，因為他們不肯跟大羚羊一起吃東西，所以一頭母豬在河邊的深草裡被一隻豹子殺了。如果你不相信，明天我可以領你去看母豬的頭骨，你要願意稍微等一會兒，我現在就可以趕一頭羚羊到你這裡來。」毛克利回答道。

吉本斯越發吃驚了，「毛克利，你不會瘋了吧！誰能夠趕大羚羊來呀？」

「那你在這裡等著！」毛克利說著就走了。

吉本斯等了很久，當他的小腿快要麻木的時候，似乎聽見了某種聲音。他懷疑自己聽錯了，可是那聲音重複又重複，聲音越來越大，伴隨著一隻被緊追的大羚羊粗重的喘息聲。

一個黑影從樹幹群中慌慌張張的衝出來，兜了一個圈子又回去了。牠離吉本斯是那麼近，近到他都可以伸手抓住牠。當他還沒回過神來的時候，一個聲音赫然在他耳邊響起：「牠是從水源那裡來的，牠在那裡率領了一群羚羊呢！先生現在相信了吧！要不要我把那一群羚羊都趕過來讓先生數一數？」

吉本斯喘著大口氣坐在那裡，這簡直太讓人難以置信了，一個人竟然可以跑得和羚羊一樣快！

「先生，我要在這裡待下去，先生

在任何時候想要瞭解獵物的動向，我毛克利就在這裡。我也會保證，先生晚上可以安全的在自己的屋子裡睡覺，沒有一個賊敢破門而入！」

「哦，那太好了！不論什麼時候，只要你需要一頓飯，我的傭人就會給你準備好！」

毛克利走後，吉本斯坐在那裡抽了很久的煙。他左思右想，最後認定他終於找到了他和森林部門一直在尋找的守林員兼林警。於是，他決定要把他推薦到政府部門上班，因為他一個人可以抵上五十個人。

從那天起，連著幾日，毛克利都像影子一樣，在吉本斯的屋子附近出現，有時候就在屋子前面的一根樹枝上睡覺。他還跑到馬廄裡，充滿濃厚的興趣注視著那些馬匹。這讓阿譜非常生氣，他覺得總有一天毛克利會偷走一匹馬！因此，阿譜只要一見到毛克利，就指使他做粗活，又是提水又是拔雞毛，但是毛克利卻滿不在乎，總是笑眯眯的聽他擺布。

幾天後，吉本斯要出差到保護林裡三天，阿譜因為是個胖老頭，沒辦法協助這樣的工作，所以被留在家裡。當然，最主要是因為他不喜歡在守林員的小屋裡睡覺。吉本斯一大早就出發了，他有一點小小的失落，因為他是多麼希望毛克利能夠和他同行啊！但走了沒多遠，他便聽見身後「沙沙」作響，原來毛克利正小跑著跟在他騎的馬後頭呢！

「毛克利，我們要在新種的小樹林中工作三天！」

「哦，好的，保護小樹總是好的，所以我已經讓野豬挪走他的窩了。」

「哦，毛克利，你做了守林員的工作卻不要報酬……」

「這是先生的保護林嘛！」毛克利抬起頭來看著吉本斯說。

吉本斯感激的點點頭說：「如果政府發你工資不是更好嗎？供職時間長了，最後還會有一筆養老金。」

「這樣的確不錯，可是我不喜歡守林員關上門住在小屋裡，那對我來說簡直就像落在陷阱裡一樣！」

「那就好好想一想，等想好了告訴我。我們在這裡休息一下，吃早飯吧！」

吉本斯吃著從家裡帶來的早餐，毛克利躺在草叢中，過了一會兒，他懶洋洋的問：「先生，今天你有沒有命令僕人把馬廄裡那匹白母馬牽出去？現在有人正騎著牠，跑在通往鐵路線的那條路上，跑得還挺快！」

「怎麼可能！牠已經又老又胖，還有點瘸了！」吉本斯有點不相信。

「那是先生的馬，我必須把牠帶過來給先生。我這就把牠召喚過來！」毛克利堅持說。

「你怎麼把牠帶到這裡？」吉本斯越來越覺得不可置信。

毛克利依舊臉朝天空仰躺著，只是示意吉本斯別出聲，他發出低沉的「咯兒咯兒」的聲音，大聲呼叫了三次。

「牠會來的，咱們在樹蔭下等著吧！」

吉本斯覺得毛克利瘋了。不過今天的工作並不緊急，所以他願意在這裡等著看這個逗趣的同伴，看他說的是真是假。

毛克利閉著眼睛懶洋洋的說：「有人從馬上跌下來了！馬先到，人後來！」

三分鐘後，吉本斯的白母馬嘶鳴著跑來了。過了一會兒，叢林裡傳來了阿譜的呼叫聲：「這簡直就是魔鬼玩的把戲！我實在是走不動了，一步也走不動了！」說著說著，阿譜從林中鑽了出來，他頭上沒有包頭巾，腳上沒有穿鞋子，纏腰布散了開來，兩隻手捏著兩把泥土，臉漲成了豬肝色。

他一看見吉本斯，馬上哆哆嗦嗦的跪下來，還拿出了一卷髒兮兮的紙來，「我犯了罪，我向您懺悔！先生，鈔票全在這裡，我吃了先生的飯，卻做了對不起先生的事情！先生，你可以把我送回家去，然後派人把我押送到監牢，政府會把我這樣的人關上好多年！」

森林的寂寞改變了很多人的觀念，吉本斯想阿譜還是一個很不錯的管家，如果再用一個新管家，很多事情又要重頭適應，所以他決定寬恕他，只是在口頭上嚴厲的警告他一下，然後就把他打發走了。

吉本斯慢慢回過頭，用懷疑的目光看著毛克利，他覺得眼前的這個年輕人，有著某種力量，他嚴厲的說：「現在該告訴我這一切都是怎麼回事了！我知道你耍了花招，我可不喜歡這樣！」

「先生，除非我自己願意告訴你，否則不管是誰，哪怕是先生也不能強迫我！我沒有耍任何花招。總有一天你會明白這一切的！」毛克利就像在對一個沒有耐心的孩子說話。

吉本斯想不明白，有點生氣，索性一聲不吭，只是望著地面沉思。當他抬起頭來的時候，毛克利已經不見蹤影。

吉本斯咒罵了幾句後，便跨上自己的馬開始了一天的工作。當他動身前往他準備落腳的營地時，風中傳來一股食物的香味，他知道那一定是穆勒——一個高大的德國人，他是全印度的森林部長。他有一個習慣，就是事先不打招呼就跑到一個地方視察，發現問題當下直接對下屬口頭批評。

穆勒看見吉本斯，邀請他一起進行晚餐。這是一頓豐盛的晚餐，他們邊吃邊聊，把工作也順便報告了。

一個黑影在一條小徑上移動，最後走到了火光旁。那是毛克利，他頭上戴著白花編成的花環，手裡拄著一根樹枝，由於對火光極其不信任，他準備稍一有動靜就跑回叢林去。吉本斯向穆勒介紹：「這是我的一個朋友，他說起這一帶的野獸都好像是他的朋友一樣，他有著神奇的本領，他能驅趕這叢林裡的任何動物，比如大羚羊。」

「哦，你還能趕大羚羊？那你能不能把我栓在木樁上的馬帶過來，而不要嚇壞牠？」穆勒饒有興致的問。

毛克利一動也不動的站在那裡，火光照映著他，讓他看起來簡直像希臘神話中的山神。只見那匹高大的澳洲黑色母馬揚起頭，豎起耳朵，嘶鳴一聲，提起後腿奔向了他的主人。

這一切都是那麼神奇和不可思議，穆勒把臉轉向毛克利說：「我是印度所有保護林和水利主管部門的總管，我覺得你不要在森林裡東奔西跑，不要為了好玩而驅趕野獸了。你就在我手下工作，在這個保護林裡當一名林警。做這份工作，你每個月都可以領到一筆薪資，等你有了妻兒、年紀大的時候，還會有一筆養老金。如果你願意，一星期以後政府提供薪資的書面命令就會下達。到時候，你就到吉本斯先生指定的地方，蓋一間你的屋子。」

他又對著吉本斯說：「他是個奇蹟，永遠不會有他這樣的守林員了！他是這保護林裡所有動物的親兄弟！」

毛克利有了一份工作，這讓他感到驕傲。更讓他自豪的是，他愛上了一個女孩——阿譜的女兒。當然，這個美麗的女孩子也深深愛上了毛克利。

一個午夜，阿譜發現了這一切。他在保護林裡聽到輕柔的笛聲和一對戀人的喃喃細語，他看見空地中間一根倒下的樹幹上坐著毛克利，一隻胳膊摟著他的女兒，口裡吹著一支粗糙的竹笛。

阿譜喚醒吉本斯先生，氣憤得要拿獵槍打死這個可惡的「魔鬼」，突然，他發現四隻個頭碩大的狼後腿直立，伴隨著音樂正在空地上跳著舞。

毛克利帶著他的狼兄弟們，走到了阿譜面前：「我願意和你談談，我是一名政府雇員，按月有薪資，還有養老金，我希望你贊成我們按照習俗成婚！」

吉本斯想了想，對阿譜說：「毛克利是一個挺不錯的帥伙子，你讓他們成婚吧！」

阿譜雖然不情願，但也只能答應了，沒多久就按照習俗為他們舉行了婚禮。

一年後，穆勒和吉本斯一起騎馬穿過保護林，在一片小矮樹下，他們發現了一個光溜溜在地上爬著的棕色嬰兒，樹後有一隻灰狼探出了頭來。穆勒本能的向那頭狼開槍，卻被吉本斯擋了一下，子彈打在上面的樹枝上。

「你忘了毛克利了嗎？那頭狼是他的兄弟，正在看護那個孩子呢！」吉本斯解釋道。

灌木叢分開，一個女人衝出來把嬰兒抓了起來：「先生，毛克利到河下游去抓魚了！還有，你們這些沒禮貌的傢伙，趕緊出來供先生們使喚！」話一說完，叢林裡就跑出四匹狼，圍著這個女人和孩子興奮的又跑又跳。

「上天！我創造了奇蹟！」穆勒驚歎道。

愛麗絲夢遊奇境

瘋狂的帽匠和三月兔，暴躁的紅心王后！跟著愛麗絲一起踏上充滿奇人異事的奇妙旅程！

柳林風聲

一起進入柳林，看愛炫耀的蛤蟆、聰明的鼴鼠、熱情的河鼠、和富正義感的獾，猶如人類情誼的動物故事。

叢林奇譚

隨著狼群養大的男孩，與蟒蛇、黑豹、黑熊交朋友，和動物們一起在原始叢林中一起冒險。

彼得・潘

彼得・潘帶你一塊兒飛到「夢幻島」，一座存在夢境中住著小精靈、人魚、海盜的綺麗島嶼。

杜立德醫生歷險記

看能與動物說話的杜立德醫生，在聰慧的鸚鵡、穩重的猴子等動物的幫助下，如何度過重重難關。

一千零一夜

坐上飛翔的烏木馬，讓威力巨大的神燈，帶你翱遊天空、陸地、海洋神幻莫測的異族國度。

影響孩子一生的 奇幻名著

想像力，帶孩子飛天遁地

灑上小精靈的金粉飛向天空，從兔子洞掉進燦爛的地底世界……
奇幻世界遼闊無比，想像力延展沒有極限，只等著孩子來發掘！
奇幻國度詭譎多變，請幫迷路的故事主角找回他們的冒險舞臺！

★ 西遊記

蜘蛛精、牛魔王等神通廣大的妖怪，會讓唐僧師徒遭遇怎樣的麻煩，現在就出發前往這趟取經之路。

★ 小王子

小王子離開家鄉，到各個奇特的星球展開星際冒險，認識各式各樣的人，和他一起出發吧！

★ 小人國和大人國

格列佛漂流到奇幻國度，幫小人國攻打敵國，在大人國備受王后寵愛，還有哪些不尋常的遭遇？

快樂王子 ★

愛人無私的快樂王子，結識熱情的小燕子，取下他雕像上的寶石與金箔，將愛一點一滴澆灌整座城市。

影響孩子一生的人物名著

以人為鏡，習得人生

正直、善良、堅強、不畏挫折、勇於冒險、聰明機智……
有哪些特質是你的孩子希望擁有的呢？
又有哪些典範是值得學習的呢？

【影響孩子一生的人物名著】
除了發人深省之外，還能讓孩子看見
不同的生活面貌，一邊閱讀一邊體會吧！

★安妮日記

在納粹占領荷蘭困境中，表現出樂觀及幽默感，對生命懷抱不滅希望的十三歲少女。

★清秀佳人

不怕出身低，自力自強得到被領養機會，捍衛自己幸福，熱愛生命的孤兒紅髮少女。

★海倫凱勒自傳

自幼又盲又聾又啞，不向命運低頭，創造語言奇蹟，並為身障者奉獻一生的世紀偉人。

★福爾摩斯探案故事

細膩觀察，邏輯剖析，揭開一個個撲朔迷離的凶案真相，充滿智慧的一代名偵探。

★湯姆歷險記

足智多謀，正義勇敢，富於同情心與領導力等諸多才能，又不失浪漫的頑童少年。

★海蒂

像精靈般活潑可愛，如天使般純潔善良，溫暖感動每顆頑固之心的阿爾卑斯山小女孩。

★環遊世界八十天

言出必行，不畏冒險，以冷靜從容的態度，解決各種突發意外的神祕英國紳士。

★魯賓遜漂流記

在荒島與世隔絕28年，憑著強韌的意志與不懈的努力，征服自然與人性的硬漢英雄。

★岳飛傳

忠厚坦誠，一身正氣，拋頭顱灑熱血，一家三代盡忠報國，流傳青史的千古民族英雄。

★三國演義

東漢末年群雄爭霸時代，曹操、劉備、孫權交手過招，智謀驚人的諸葛亮，義氣深重的關羽，才高量窄的周瑜……

跨時空，探索無限的未來

騎上鵝背或者跳下火山，長耳兔、青鳥或者小鹿
百年來流傳全世界，這些故事啟蒙了爸爸媽媽、阿公阿嬤。
從不同的角度窺見世界，透過閱讀環遊世界！

【影響孩子一生的世界名著】
最適合現代孩子的編排，耳熟能詳的經典故事
呈現嶄新面貌，啟迪閱讀的興味與趣味！

★小戰馬

動物小說之父西頓的作品，在險象環生的人類世界，動物們的頑強、聰明和忠誠，充滿了生命的智慧與尊嚴。

★騎鵝旅行記

首位諾貝爾文學獎女作家寫給孩子的童話，調皮少年騎著白鵝飛上天，在旅途中展現勇氣、學會體貼與善待動物。

★好兵帥克

最能表彰捷克民族精神的鉅著，直白、大喇喇的退伍士兵帥克，看他如何以戲謔的態度，面對社會中的不公與苦難。

★祕密花園

有錢卻不擁有「愛」。真情付出、愛己及人，撫癒自己和友伴的動人歷程。看狄肯如何用魔力讓草木和人都重獲新生！

★小鹿斑比

聰明、善良、充滿好奇的斑比，看他如何在獵人四伏的森林中學習生存法則與獨立，蛻變為沉穩強壯的鹿王。

★青鳥

1911年諾貝爾文學獎，小兄妹為了幫助生病女孩而踏上尋找青鳥之旅，以無私的心幫助他人，這就是幸福的真諦。

★頑童歷險記

哈克終於逃離大人的控制和一板一眼的課程，他以為從此逍遙自在，沒想到外面的世界，竟然有更多的難關！

★森林報

跟著報導文學環遊四季，成為森林知識家！如詩如畫的童趣筆調，保證滿足對自然、野生動物的好奇。

★地心遊記

地質教授李登布洛克與姪子阿克塞從古書中發現進入地底之秘！嚮導漢斯帶領展開驚心動魄的地心探索真相冒險旅行！

★史記故事

認識中國歷史必讀！一探歷史上具影響力及代表性的人物的所言所行，儘管哲人日已遠，典型仍在夙昔。

影響孩子一生名著系列 17

叢林奇譚

學習服從與領導

ISBN 978-986-96861-0-5 / 書 號：CCK017

作　　者：魯德亞德・吉卜林 Rudyard Kipling
主　　編：陳玉娥
責　　編：陳沛君、陳迦璇
插　　畫：簡佳慧
美術設計：蔡雅捷、鄭婉婷

出版發行：目川文化數位股份有限公司
總 經 理：陳世芳
行銷企劃：朱維瑛、許庭瑋、陳睿哲
法律顧問：元大法律事務所 黃俊雄律師
地　　址：桃園市中壢區文發路 365 號 13 樓
電　　話：(03) 287-1448
傳　　真：(03) 287-0486
電子信箱：service@kidsworld123.com
劃撥帳號：50066538

國家圖書館出版品預行編目 (CIP) 資料

叢林奇譚 / 魯德亞德．吉卜林作．-- 初版．—
桃園市 : 目川文化，民 107.10
面； 公分．--（影響孩子一生的奇幻名著）
ISBN 978-986-96861-0-5（平裝）

873.59　　107013898

網路書店：*www.kidsbook.kidsworld123.com*
網路商店：*www.kidsworld123.com*
粉 絲 頁：FB「悅讀森林的故事花園」

印刷製版：長榮彩色印刷有限公司
總 經 銷：聯合發行股份有限公司
地址：新北市新店區寶橋路 235 巷 6 弄 6 號 4 樓
電話：(02) 2917-8022
出版日期：2018 年 11 月（初版）
定　　價：280 元

建議閱讀方式

型式	圖圖圖	圖圖文	圖文文		文文文
圖文比例	無字書	圖畫書	圖文等量	以文為主、少量圖畫為輔	純文字
學習重點	培養興趣	態度與習慣養成	建立閱讀能力	從閱讀中學習新知	從閱讀中學習新知
閱讀方式	親子共讀	親子共讀 引導閱讀	親子共讀 引導閱讀 學習自己讀	學習自己讀 獨立閱讀	獨立閱讀